DELIVRANCE TOTALE DE L'ESPRIT DE LA SIRENE

Esther Abaley

SOMMAIRE

REMERCIEMENTS

Tous mes remerciements à mon père céleste pour son grand amour envers moi. Merci pour ce don si précieux en la personne de notre Seigneur et Sauveur Jésus Christ.

Merci au Saint Esprit pour sa présence et son assistance dans l'écriture de ce livre. Car sans son aide, ce livre n'aurait pas été possible.

Tous mes remerciements à mon père spirituel, Bishop Moore Devaughan. Merci pour tes prières, pour ton amour et tes conseils qui me sont précieux. Que le Seigneur te bénisse abondamment.

INTRODUCTION

Découvrez au travers de ce livre, les différentes facettes de cet esprit qui est banalisé de nos jours et qui pourtant fait de grands dégâts dans le monde. L'esprit de la sirène est un esprit très dangereux qui détruit les mariages, l'éducation des enfants, noient et tuent des milliers personnes dans le secret au quotidien.

La sirène séduit et détruit des ministères dans le monde afin d'éteindre l'évangile de Jésus Christ. Elle est introduite dans les films pour enfants afin capturer l'âme des plus petits dès le bas âge afin de mieux détruire leurs destinées. Des poupées et des costumes sont vendus par millions dans le monde en son honneur.

Elle est présentée comme un être inoffensif qui peut même tomber amoureuse des êtres humains. Et pourtant derrière cette image sympathique, se cache un esprit très méchant et cruel. La sirène est l'arme de destruction massive de Satan pour ces temps de la fin. Je prie que le Saint Esprit vous accorde l'esprit de sagesse et de révélation pendant que vous lisez ce livre. Et que le Saint Esprit vous donne la victoire pour vous et votre famille en lisant au nom de Jésus Christ. Shalom !

?

Chapitre Un

L'UNION ENTRE LES FILLES DES HOMMES ET LES ANGES DECHUS

Avant de vous parler de l'esprit de la sirène, je voudrais vous parler de l'esprit que l'on appelle le/la mari/femme de nuit en Afrique. Le/la mari/femme de nuit est connu en occident sous le nom d'incube et succubes. Le terme « incube » provient du latin « incubo » qui signifie « fardeau » ou « poids ». L'esprit prend l'apparence d'un male. Le contraire de l'incube (incubus) est le succube (succubus). L'esprit prend l'apparence d'une femelle. Ce terme est appliqué à ces amoureux démoniaques parce que les anciens pensaient que les cauchemars causant une sensation de poids oppressant sur la poitrine étaient la conséquence de l'acte de copulation avec un démon pendant la nuit. Les maris et femmes de nuit sont connus dans les Caraïbes sous le nom de Dorlis.

La première fois que nous lisons qu'un esprit a des rapports sexuels avec les humains est dans le livre de la Genèse à son chapitre six. Nous lisons ceci : « Lorsque les hommes eurent commencé à se multiplier sur la face de la terre, et que des filles leur furent nées, les fils de Dieu virent que les filles des hommes étaient belles, et ils en prirent pour femmes parmi toutes celles qu'ils choisirent. Alors l'Éternel dit: Mon esprit ne restera pas à toujours dans l'homme, car l'homme n'est que chair, et ses jours seront de cent vingt ans. Les géants étaient sur la terre en ces temps-là, après que les fils de Dieu furent venus vers les filles des hommes, et qu'elles leur eurent donné des enfants: ce sont ces héros qui furent fameux dans l'antiquité. L'Éternel vit que la méchanceté des hommes était grande sur la terre, et que toutes les pensées de leur cœur se portaient chaque jour uniquement vers le mal.» (Gen 6 :1-5).

Les fils de Dieu ici désigne les anges. Ce sont des anges déchus. C'est une partie des anges déchus. Les anges qui ont suivi Lucifer dans sa rébellion contre Dieu et qui ont fait la guerre dans le ciel dont parle l'apôtre Jean en Apocalypse douze. « Et il y eut guerre dans le ciel. Michel et ses anges combattirent contre le dragon. Et le dragon et ses anges combattirent, mais ils ne furent pas les plus forts, et leur place ne fut plus trouvée dans le ciel. Et il fut précipité, le grand dragon, le serpent ancien, appelé le diable et Satan, celui qui séduit toute la terre, il fut précipité sur la terre, et ses anges furent précipités avec lui » (Apocalypse 12 :7-9).

La bible dit que Lucifer a été précipité sur la terre, et ses anges ont été précipités avec lui. Certains de ses anges n'ont pas gardés leur nature et se sont souillés avec la race humaine dont parle le livre de Genèse. La bible déclare qu'ils se sont mélangés aux êtres humains et ont produit des géants. Ils l'ont fait dans le but de souiller la race humaine et plus particulièrement celle du Messie. Ils voulaient

7

souiller la postérité de la femme.

Le mélange de ces anges déchus d'avec les filles des hommes a fait entrer l'immoralité sexuelle et la méchanceté dans le monde. Tous les hommes et les animaux ont été exterminés de la surface de la terre sauf Noé, sa famille et ses animaux ont été sauvés. Ces anges qui ont souillé la race humaine ont été punis par le Seigneur. Ils sont enchainés jusqu'au jour du jugement. La bible nous décrit comme suit : « qu'il a réservé pour le jugement du grand jour, enchaînés éternellement par les ténèbres, les anges qui n'ont pas gardé leur dignité, mais qui ont abandonné leur propre demeure; que Sodome et Gomorrhe et les villes voisines, qui se livrèrent comme eux à l'impudicité et à des vices contre nature, sont données en exemple, subissant la peine d'un feu éternel » (Jude 6-7).

La bible ne parle plus de la présence de ces anges sur terre. Cependant la parole de Dieu déclare ceci : « Malheur à la terre et à la mer! car le diable est descendu vers vous, animé d'une grande colère, sachant qu'il a peu de temps » (Ap 12 :12). Le diable et ses anges déchus ont aussi fait domicile dans les eaux.

Chapitre Deux

DEUX BASES SATANIQUES DE PREPARATION DE BATAILLE

Dans son livre defeating water spirits, Leclaire Jennifer explique que Satan a deux zones de préparation de batailles contre les humains qui sont le deuxième ciel et les eaux. En Ephésiens 6 :12, l'apôtre Paul révèle une zone de bataille de Satan contre nous. Il explique que nous ne luttons pas contre la chair et le sang mais contre les dominations, contre les autorités, contre les princes de ce monde de ténèbres, contre les esprits méchants dans les lieux célestes.

Paul révèle que cette zone de préparation de conflit est dans les lieux célestes. Qu'est-ce que l'apôtre de Christ veut dire par les lieux célestes ? Selon 2 Corinthiens 12 :2-4, il y'a trois cieux. Paul déclare ceci :« Je connais un homme en Christ, qui fut, il y a quatorze ans, ravi jusqu'au troisième ciel (si ce fut dans son corps je ne sais, si ce fut hors de son corps je ne sais, Dieu le sait). Et je sais que cet homme (si ce fut dans son corps ou sans son corps je ne sais, Dieu le sait) fut enlevé dans le paradis, et qu'il entendit des paroles ineffables qu'il n'est pas permis à un homme d'exprimer ».

Il dit qu'il a vu un homme qui a été ravi jusqu'au troisième ciel. Et le troisième ciel est le paradis. C'est dans ce merveilleux endroit que partent les âmes de tous les saints après leur mort sur terre dans l'attente du jugement du monde. S'il y'a un troisième ciel, alors il y'a un deuxième ciel, puis un premier ciel.

Lorsque Satan s'est rebellé contre Dieu en causant une guerre au paradis, il a été chassé du troisième ciel avec les anges qui se sont rebellés avec lui. Les récits bibliques nous enseignent que leur place ne fut plus trouvée dans le ciel parlant du troisième ciel(Apocalypse 12 :8). Il s'est installé au deuxième ciel avec une partie des anges qui l'ont suivi dans sa folie après avoir été expulsé du paradis. C'est du deuxième ciel qu'il prépare ses attaques contre les hommes qui sont au premier ciel. Le deuxième ciel est la première zone de préparation de bataille de Satan contre nous.

C'est du deuxième ciel qu'il accuse jour et nuit les enfants de Dieu afin d'obtenir un jugement contre eux. Nous le voyons dans le livre de Job. Il est écrit comme suit : « Or, les fils de Dieu vinrent un jour se présenter devant l'Éternel, et Satan vint aussi au milieu d'eux. L'Éternel dit à Satan: D'où viens-tu? Et Satan répondit à l'Éternel: De parcourir la terre et de m'y promener. L'Éternel dit à Satan: As-tu remarqué mon serviteur Job? Il n'y a personne comme lui sur la terre; c'est un homme intègre et droit, craignant Dieu, et se détournant du mal. Et Satan répondit à l'Éternel: Est-ce d'une manière désintéressée que Job craint Dieu? Ne l'as-tu pas protégé, lui, sa maison, et tout ce qui est à lui? Tu as béni l'œuvre de ses mains, et ses troupeaux couvrent le pays. Mais étends ta main, touche à tout ce qui lui appartient, et je suis sûr qu'il te maudit en face. L'Éternel dit à Satan: Voici, tout ce qui lui appartient, je te le livre; seulement, ne porte pas la main sur lui. Et Satan se retira de devant la face de l'Éternel » (Job 1 :6-12). Il a accusé Job devant Dieu afin d'obtenir l'autorisation de lui faire du mal. Et il a eu gain de cause.

Satan continue de nous accuser aujourd'hui. Mais quand nous prions, notre avocat Jésus intervient auprès de Dieu en notre faveur et son sang qui est le sang de notre justification parle en notre faveur contre lui. C'est pourquoi qu'il est écrit : « Et j'entendis dans le ciel une voix forte qui disait: Maintenant le salut est arrivé, et la puissance, et le règne de notre Dieu, et l'autorité de son Christ; car il a été précipité, l'accusateur de nos frères, celui qui les accusait devant notre Dieu jour et nuit » (Apocalypse 12 :11).

Satan ne peut plus obtenir de condamnation contre les saints à cause du sang de Jésus, qui est le sang de notre justification. Ceci n'est pas un droit pour pécher volontairement, mais si c'était le cas, il faut confesser votre péché auprès du Seigneur et l'abandonner. Il est écrit : « Mes petits-enfants, je vous écris ces choses, afin que vous ne péchiez point. Et si quelqu'un a péché, nous avons un avocat auprès du Père, Jésus Christ le juste. Il est lui-même une victime expiatoire pour nos péchés, non seulement pour les nôtres, mais aussi pour ceux du monde entier » (1 Jean 2 :1-2). Et aussi « Je vous écris, petits-enfants, parce que vos péchés vous sont pardonnés à cause de son nom » (1 Jean 2 :12).

C'est aussi du deuxième ciel que lui et ses anges s'opposent aux anges que Dieu envoie sur terre pour répondre et donner des instructions aux saints. Nous pouvons voir ceci dans le livre de Daniel 10 :12-14. Il est écrit comme suit : « Il me dit: Daniel, ne crains rien; car dès le premier jour où tu as eu à cœur de comprendre, et de t'humilier devant ton Dieu, tes paroles ont été entendues, et c'est à cause de tes paroles que je viens. Le chef du royaume de Perse m'a résisté vingt et un jours; mais voici, Micaël, l'un des principaux chefs, est venu à mon secours, et je suis demeuré là auprès des rois de Perse. Je viens maintenant pour te faire connaître ce qui doit arriver à ton peuple dans la suite des temps; car la vision concerne encore ces temps-là ».

L'ange qui s'est présenté à Daniel, lui a expliqué qu'il avait été intercepté par un prince qui régnait sur la Perse. Il parlait d'un ange satanique et non d'un roi physique. Les attaques qui viennent du deuxième ciel sont généralement des oppositions. C'est du deuxième ciel qu'il influence les croyances et manipule les mentalités en encourageant l'athéisme, le péché, la foi en la religion plutôt qu'une relation avec Jésus Christ. Il souffle le doute dans le cœur des humains et incite au rejet de Dieu. C'est d'ailleurs pour cette raison qu'il est appelé le prince de l'air (Ephésiens 2 :2).

Cependant, le deuxième ciel n'est pas la seule base de Satan pour préparer ses attaques contre les humains. Il a aussi occupé les eaux. Comme il écrit en Apocalypse 12 :12: « Malheur à la terre et à la mer! car le diable est descendu vers vous, animé d'une grande colère, sachant qu'il a peu de temps ». La terre et la mer sont les zones de pollution de Satan. Il ne peut pas occuper entièrement la terre qui est le premier ciel, car elle a été donnée aux hommes par Dieu. Ainsi, il la pollue et l'attaque depuis les eaux, plus principalement par la mer qu'il a aussi polluée par ses démons et les hommes qui ne respectent pas ce que Dieu a créé.

Nous entendons parler de réchauffement climatique un peu partout dans le monde. Nous pouvons voir les effets dévastateurs de ce réchauffement sur la mer et la terre. D'ailleurs, les scientifiques sont assez inquiets pour l'avenir de la terre et la mer si ce réchauffement persiste. Cette pollution est due au manque de responsabilité des hommes. La pollution des eaux joue considérablement sur la santé des humains à cause de l'eau que nous buvons. L'eau est remplie de déchets toxiques, etc. Nous constatons l'augmentation de stérilité, de maladies tel que le cancer et autres maladies dû à cette pollution.

En Genèse 1 :20-21 Dieu dit: « Que les eaux produisent en abondance des animaux vivants, et que des oiseaux volent sur la terre vers l'étendue du ciel. Dieu créa les grands poissons et tous les animaux vivants qui se meuvent, et que les eaux produisirent en abondance selon leur espèce; il créa aussi tout oiseau ailé selon son espèce. Dieu vit que cela était bon ».

Dieu a créé les eaux et tout ce qu'elles renferment et vit que cela était bon. Le but de Dieu en créant les eaux et tout ce qu'elles renferment était de premièrement recevoir l'adoration et deuxièmemement, servir aux habitants de la terre. Malheureusement, le plan de Dieu a été opposée par Satan. Il a fait des eaux, sa deuxième zone de préparation de bataille contre les habitants de la terre.

Dans le chapitre suivant, qui a pour titre l'esprit de la sirène, j'explique comment Satan a pollué les eaux avec l'aide de ses anges et de ses agents terrestres pour détruire les humains. Il a fait des eaux, plus particulièrement de la mer une base de conflit destructive contre les habitants de la terre.

Chapitre Trois

L'ESPRIT DE LA SIRENE

L'esprit de la sirène est l'esprit de Dagon et d'Artagus dans la bible. Dagon était le chef des dieux des Philistins et le père du dieu Baal. Le nom de Dagon signifie petit poisson et était connu pour le dieu du tonnerre et aussi le dieu de la fertilité. Cette idole avait le corps de poisson, une tête et des mains d'humains. Il était une entité Babylonienne, mais son adoration parmi les Philistins s'est faite par la Chaldée. Les fameux temples de Dagon étaient à Gaza et Ashdod.

La Chaldée était la terre d'origine de notre patriarche Abraham et sa famille. C'est dans ce pays qu'Abraham et sa famille servaient Dagon et d'autres dieux . C'est aussi pour cette raison, plus particulièrement à cause de l'idolâtrie que le Seigneur a demandé à Abraham de partir vers une autre terre. Le Seigneur voulait le séparer de l'influence de cet esprit d'idolâtrie. Les récits bibliques nous enseignent ceci : « Voici la postérité de Térach. Térach engendra Abram, Nachor et Haran. -Haran engendra Lot. Et Haran mourut en présence de Térach, son père, au pays de sa naissance, à Ur en Chaldée. Térach prit Abram, son fils, et Lot, fils d'Haran, fils de son fils, et Saraï, sa belle-fille, femme d'Abram, son fils. Ils sortirent ensemble d'Ur en Chaldée, pour aller au pays de Canaan. Ils vinrent jusqu'à Charan, et ils y habitèrent »(Genèse 11 :27-28 ;31). « C'est toi, Éternel Dieu, qui as choisi Abram, qui l'as fait sortir d'Ur en Chaldée, et qui lui as donné le nom d'Abraham » (Néhémie 9 :7); « L'Éternel dit encore: Je suis l'Éternel, qui t'ai fait sortir d'Ur en Chaldée, pour te donner en possession ce pays » (En Genèse 15 :7). « Josué dit à tout le peuple: Ainsi parle l'Éternel, le Dieu d'Israël: Vos pères, Térach, père d'Abraham et père de Nachor, habitaient anciennement de l'autre côté du fleuve, et ils servaient d'autres dieux. Je pris votre père Abraham de l'autre côté du fleuve, et je lui fis parcourir tout le pays de Canaan; je multipliai sa postérité, et je lui donnai Isaac » (Josué 24 :2-3).

Abraham a dû subir l'influence de cet esprit dans sa vie. C'est certainement pour cette raison que sa femme et ses descendants ont connu tant de difficulté pour concevoir. Cet esprit de la sirène était certainement la cause de ce problème de stérilité de sa femme Sara. Mais Dieu l'a délivré de cette malédiction, ainsi que ses descendants.

Selon Wikipédia, Dagon était une forme ancienne Dagan, est un important dieu des populations sémitiques du Nord-Ouest de Moyen-Orient. Il est le dieu des semences et de l'agriculture et fut révéré par les anciens Amorrites, les habitants d'Ebla, d'Ougarit et fut un des dieux principaux des Philistins. Très tardivement dans son histoire, à partir du IVe siècle, on le trouve représenté sous la forme d'un poisson (Dag en hébreu)https://fr.wikipedia.org/wiki/Dagon_(dieu).

Dagon est aussi connu sous le nom de Dag qui est son diminutif. Le poisson était l'emblème de la fertilité et de la productivité, spécialement pour les marins. Plusieurs villes portaient le nom de Dagon comme par exemple beth-Dagon en Juda (Josué 15 :41) et à Asher (Josué 19 :27). L'adoration de ce dieu Dagon étaient très populaire longtemps avant Baal.

Il y'avait aussi la déesse Artaguis, connu sous le nom de Dercéto (en grec ancien Δερκετώ1 / Derketố) ou Dercétis (Δερκετίς / Derketís). Qui est le nom donné chez les Phéniciens à une grande déesse du nord de la Syrie dont le sanctuaire principal se trouvait dans la ville sainte de Hiérapolis Bambyce (aujourd'hui, Mambidj, au nord d'Alep). Elle est aussi nommée Atargatis (ou Atar'ateh) en araméen. D'après Olivier Rayet, malgré la forme toute différente sous laquelle on la représentait, Atargatis a les rapports les plus étroits avec la Dercéto d'Ascalon et du pays philistin. Les éléments des deux noms sont les mêmes, et le peu de détails que les auteurs anciens nous ont transmis sur les deux cultes sont exactement semblables. Comme souveraine des eaux et des sources, Dercéto avait un corps de poisson et un visage de femme. (https://fr.wikipedia.org/wiki/Dercéto).

Artagus était une grande déesse du nord de la Syrie ; son principal sanctuaire se trouvait à Hiérapolis-Bambyce (moderne Membidj) au nord d'Alep, où elle était vénérée avec son parèdre

Hadad. Son ancien temple fut reconstruit en ~ 300 environ par la reine Stratonice, et ce fut sans doute en partie grâce à ce patronage que son culte se répandit dans diverses parties du monde grec où la déesse était généralement considérée comme une forme d'Aphrodite. Tout d'abord, elle fut une déesse de la fertilité, mais, en tant que baalan (maîtresse) de sa ville et de son peuple, elle était également responsable de leur sécurité et de leur bien-être. Elle était donc souvent représentée portant la couronne murale et tenant une gerbe de blé, tandis que les lions qui portent son trône symbolisent sa puissance et son pouvoir sur la nature.

Comme souveraine des eaux et des sources, on la rencontre, identique, sous le nom d'Atar'ateh chez les Araméens, et de Derceto chez les Phéniciens ; en fait, ces deux noms semblent désigner une nouvelle forme de l'antique déesse 'Anat. Comme parèdre d'Hadad, elle est très proche d'Astarté, elle aussi parèdre de ce dieu ; sans doute peut-on les identifier, bien qu'Atargatis présente des parentés avec l'AnatolienneCybèle.
(https://www.universalis.fr/encyclopedie/atargatis /.

Sous forme masculine ou féminine, ces deux dieux ont une similarité. Ils sont souverains des eaux et ont un même agenda : dérober l'adoration qui est dû à Dieu le créateur seul. Ce sont des princes des dominations au service de Satan. Vous devez comprendre que lorsque vous demandez aux esprits des eaux de vous donner un enfant, c'est à l'esprit de la sirène que vous le demandez. Elle donne l'enfant, mais reste maîtresse sur la vie et le destin de cet enfant jusqu'à la délivrance de celui-ci par le Seigneur. Si seulement cet enfant le reçoit comme Seigneur et Sauveur de sa vie.

La sirène a fait de l'eau, plus particulièrement la mer sa base pour attaquer les humains. Elle a sous ses ordres des démons, d'autres sirènes dans les mers et les eaux douces et des agents de sorcellerie. L'esprit de la sirène est directement relié à Satan. C'est un esprit qui est le plus souvent représenté par une femelle. Mais nous savons qu'un esprit est asexué. Il peut aussi apparaitre sous une forme masculine selon les cibles. La sirène est Satan lui-même. N'oubliez pas que Satan est un ange et non Dieu. Il n'est pas au même niveau d'autorité que Jésus. Il est au niveau des archanges tel que Gabriel etc..

Il a la capacité de prendre des formes humaines ou animales pour venir sur terre afin de tisser des alliances et rechercher des plaisirs sexuels avec les habitants de la terre. Il le fait pour souiller et détruire la race humaine. Nous constatons sa présence dans les villes entourées par les eaux ou en bordure.

En effet, les villes qui sont entourées par les eaux ou qui sont en bordure sont influencées par une vie d'immoralité sexuelle et de sorcellerie. L'esprit de la sirène utilise les villes et nations qu'il influence pour influencer à leur tour d'autres villes et nations au péché, plus principalement au péché sexuel (l'immoralité sexuelle) et l'idolâtrie. Cet esprit influence les autorités terrestres sur les lois des familles. Il est derrière toutes les lois contre nature. Il le fait pour attirer le jugement de Dieu sur ces villes et nations.

En Apocalypse 17 :1-2, la bible nous parle d'une ville appelée la grande prostituée qui est assise sur les grandes eaux. Les récits bibliques nous disent que c'est avec elle que les rois de la terre se sont livrés à l'impudicité, et c'est du vin de son impudicité que les habitants de la terre se sont enivrés. Ceci était le cas pour Sodome et Gomorrhe et aussi pour plusieurs nations dans le monde aujourd'hui. Cette impudicité continue encore aujourd'hui. Certaines villes et nations dans le monde qui sont entourées ou en bordure des eaux sont utilisées pour promouvoir des lois contre nature. Ces villes et nations deviennent des exemples à suivre pour d'autres nations dans le monde. Par exemple en Europe, la Hollande a adopté en Avril 2001 le mariage de personnes de même sexe. Ce qui est interdit dans la bible. Cette décision de légaliser ce mariage a influencé d'autres nations d'Europe tel que la Belgique en 2004, l'Espagne en 2005 et d'autres pays dans le monde.

Un quart de cette nation se trouve en dessous du niveau de la mer ; au point le plus bas, il y a même près de sept mètres. C'est pour cette raison que le pays est construit de manière à se protéger efficacement contre la montée de la mer sur le plan physique. En revanche, sur le plan spirituel, cette nation n'est pas protégée. Elle est puissamment influencée par les esprits des eaux.

Elle est dans l'union européenne mais a des lois complètement différentes avec le reste des pays de l'Europe concernant l'usage du cannabis par exemple. Elle a légalisé la prostitution et reconnaît aussi la profession de maquereau. C'est l'une des destinations les plus prisées au monde pour le tourisme sexuel. Nous pouvons y voir des prostituées dans les vitrines. Ce qui permet aux touristes de regarder et choisir selon leur goût en toute liberté. Toutes ces choses sont influencées par l'esprit de la sirène. Presque toutes les villes et nations en bordure ou entourées des mers sont sous leur influence.

> « Et il me dit: Les eaux que tu as vues, sur lesquelles la prostituée est assise, ce sont des peuples, des foules, des nations, et des langues. Et la femme que tu as vue, c'est la grande ville qui a la royauté sur les rois de la terre »(Apocalypse 17 :15 ;18).

Je ne dis pas cela pour critiquer ou même attaquer une nation en particulier. Je dis ceci pour montrer la réalité des choses spirituelles que beaucoup ignorent. Je dévoile les œuvres du diable afin d'éveiller la conscience des enfants de Dieu pour nous nous levions et prions pour ces nations. Nous ne devons pas juger les autorités dans ces nations, ce n'est pas notre rôle. Mais nous devons prier et prêcher l'évangile de Jésus Christ afin d'y apporter la lumière. Il faut aussi s'attendre à des attaques provenant des esprits des eaux parce que notre présence et nos prières dérangent. Vous ne devez cependant pas non plus vivre dans la peur en tant qu'enfants de Dieu si vous vivez dans ces régions d'eaux. Les anges de Dieu sont là pour veiller sur les enfants de Dieu.

Ces esprits tenteront de vous séduire afin de vous faire tomber l'immoralité sexuelle et toutes sortes de péché. Ils le feront pour vous maintenir en esclavage et détruire votre destinée. Soyez vigilants et craignez Dieu. L'apôtre Pierre nous met en garde contre le projet de Satan. Il déclare ceci : « Soyez sobres, veillez. Votre adversaire, le diable, rôde comme un lion rugissant, cherchant qui il dévorera. Résistez-lui avec une foi ferme, sachant que les mêmes souffrances sont imposées à vos frères dans le monde » (1 Pi 5 :8-9).

La plupart des villes et nations dominée par la sirène, subissent pour la plupart un grand nombre de banditisme, violences, crimes, drogues, alcoolisme, viols, etc. Les habitants sont fortement attachés à l'idolâtrie et la sorcellerie. Les attaques venant de la sirène sont très cruelles. Elle détruit les mariages, enfants, fertilité, santé, finance, destinées de nombreuses personnes sur terre. L'apôtre Pierre nous met en garde en 1 Pierre 5 :8-9, il déclare ceci : « *Soyez sobres, veillez. Votre adversaire, le diable, rôde comme un lion rugissant, cherchant qui il dévorera. Résistez-lui avec une foi ferme, sachant que les mêmes souffrances sont imposées à vos* » *frères dans le monde » (1 Pierre 5 :8-9).*

Cet esprit a pour mission de dévorer les habitants de la terre. La sirène est après les projets que Dieu a pour les habitants de la terre, plus particulièrement pour ses enfants. La sirène se bat jour et nuit pour détruire et tuer si possible les enfants de Dieu. Cette guerre est menée non seulement contre les croyants, mais aussi contre les non croyants comme l'enseigne l'apôtre Pierre.

Elle aveugle et séduit les habitants de la terre. La banalisation des sirènes un peu partout dans le monde le prouve. Nous constatons l'augmentation des poupées en forme de sirènes. En 1989 par exemple, la petite sirène a connu un immense succès. Ce film était destiné aux enfants afin d'ouvrir leur esprit au monde des eaux. Avant cela, il y'avait d'autres films de sirènes qui avaient captivé l'enthousiasme du public.

Les films avec les sirènes qui tombent amoureuses des humains sont des films à succès de nos jours. Ceux qui n'ont aucune connaissance du monde spirituel banalisent ce genre de films en croyant tout simplement que ce sont des mythes ou des histoires inventées par les producteurs pour se faire de l'argent.

En effet, ce genre de films non seulement produit énormément de gains parce que Dagon et Artagus sont des dieux de la productivité, mais une productivité satanique. Les films avec les sirènes ouvrent aussi l'esprit de ceux qui les regardent et les apprécient à l'adoration de l'esprit de la sirène.

Les enfants sont aujourd'hui les cibles de cet esprit. Je me souviens que lorsque j'étais enceinte de ma fille, j'étais très attaquée par la sirène. Je voyais souvent des sirènes célébrer à cause de ma fille. Une nuit, le Seigneur m'a fait voir le fond de la mer. Et là, Je voyais une sirène assise sur un trône. Elle voulait que ma fille se prosterne au-devant d'elle pour l'adorer. Je m'y suis farouchement opposé à ce que ma fille se prosterne devant elle et lui ai répondu que ma fille appartenait à Jésus Christ. Je lui disais que ma fille était couverte par le sang de Jésus Christ. J'ai pris ma fille par la main et sommes sorties de la mer. J'étais très surprise par ce songe. Mais ai rendu gloire à Dieu pour ma fille car la sirène la réclamait pour la détruire. Merci à Jésus pour son sang précieux.

J'ai été moi-même pendant très longtemps été attaquée par l'esprit de la sirène parce que cet refusait que je serve Jésus Christ. Je lui avais été consacrée et refusait que je serve Christ. Le Seigneur m'avait délivré mais je continuais de subir les attaques de cet esprit. Je me souviens que j'avais été attaquée par un esprit qui vivait dans les eaux au tout début de mon ministère. J'avais ignoré les attaques qui venaient des eaux et pourtant, je rencontrais de grandes oppositions. L'apôtre Paul, l'un des fervents serviteurs de Jésus Christ rencontrait des fois de fortes oppositions venant de Satan dans son ministère à cause de l'évangile. Il a écrit ceci : Je resterai néanmoins à Éphèse jusqu'à la Pentecôte; car une porte grande et d'un accès efficace m'est ouverte, et les adversaires sont nombreux (1 Cor 19 :-9). Et encore «Aussi voulions-nous aller vers vous, du moins moi Paul, une et même deux fois; mais Satan nous en a empêchés » (1 Thess 2 :18).

L'esprit se cachait pour ne pas que je le chasse de ma vie. C'est seulement après plus de quinze ans de ministère que j'ai découvert l'origine des attaques contre ma vie personnelle et mon ministère. Je suis en partie responsable du fait que cela ait pris tant d'années parce que je n'ai pas consulté le Saint Esprit quand je rencontrais les oppositions. Les attaques étaient récurrentes et se déroulaient de la même manière. Ceci devait attirer mon attention. Mais Satan m'occupait à autre chose pour ne pas que je découvre son travail machiavélique contre ma réputation et mon ministère. Mais je rends gloire à Dieu aujourd'hui pour sa grâce et sa délivrance.

Vous devez savoir que dès lors que vous donnez votre vie à Jésus Christ, vous êtes responsable de votre délivrance. Pour ce faire, vous devez marcher en stricte collaboration avec le Saint Esprit. C'est lui qui a été envoyé sur la terre par Jésus Christ pour nous aider. Il est Dieu et transporte avec lui la présence de Dieu sur terre. Votre délivrance peut être longue si vous ignorez votre ennemi et surtout si vous ignorez le Saint Esprit.

Prenez du temps dans la prière et demandez au

Saint Esprit de vous éclairer chaque fois que vous constatez des attaques contre vous. Dans mon cas, la sirène procédait par les accusations pour éloigner les gens de moi. Elle attaquait ma vie sentimentale et mon ministère. Ce qui la dérangeait était surtout mon ministère. Elle s'y opposait farouchement. Je rends gloire à Dieu de ce qu'il m'a révélé les choses cachées.

« vous connaîtrez la vérité, et la vérité vous affranchira » (Jean 8 :32).

Revenons à ma fille. Son père avait très longtemps aussi été attaqué par l'esprit de la sirène. Il m'a raconté un songe qu'il avait eu avant sa conversion. Il m'a dit qu'il avait vu des femmes qui étaient venus l'attaquer dans son sommeil. Elles avaient pris son sperme et sont allées dans la mer. A sa conversion, il en a parlé et a reçu des prières de délivrances. Ces esprits avaient certainement dérobé son sperme pour l'empêcher de concevoir dans le monde physique. Il y'avait certainement une alliance avec la sirène dans sa lignée qu'il ignorait. Je crois que ces femmes étaient tout simplement des sirènes qui avaient pris des formes humaines pour venir sur la terre afin de l'attaquer. Mais le Seigneur lui a accordé la victoire en lui donnant des enfants.

La première fois que j'avais vu des sirènes, c'était entre 1998 et l'an 2000 si ma mémoire est bonne. J'avais oublié cela mais le Saint Esprit qui me l'a ramené en mémoire. J'avais fait la rencontre d'un homme que j'appréciais énormément. C'était juste avant ma conversion. Pendant que nous songions à faire un enfant, j'ai eu un rêve très étrange. J'ai vu des sirènes dans ce rêve. Je les ai vu quitter l'eau et se diriger vers moi. Elles sont entrées dans mon ventre et ont bouché mes trompes. Je les ai aussi entendu dire : « Bouchons ses trompes pour ne pas qu'elle tombe enceinte ». Je me suis réveillée après leur départ. J'avais pris cela comme un simple cauchemar. Je ne savais pas que c'était réel. Ces sirènes avaient vraiment bouché mes trompes. Je n'avais jamais réussi à tomber enceinte de cet homme.

Nous nous aimions vraiment et désirions de tout cœur un enfant, mais impossible. Quelque chose avait été fait contre nous. Satan avait réussi à nous séparer après quelques années passées ensemble. Satan avait réussi à nous séparer. J'ignorais en fait que j'avais été livrée à Satan et à la sirène. J'ignoras qu'ils me combattais farouchement.

La seconde fois était 2007, avant que le Seigneur m'appelle au ministère. Je me suis vu un soir en songe au bord de la mer. Je voyais des femmes qui adoraient Satan. Je les entendaient crier : « Satan, Satan ». Soudain, un homme est sorti de la mer c'était Satan. Des personnes m'ont allongée dans une très large coquille. Cet homme s'est avancé vers moi dans le but de coucher. Je me suis réveillée en sursaut très choquée. Un prophete m'avait dit que j'avais été vendu a satan au tout debut de ma conversion. Je n'y avais pas cru mais ce songe venait de confirmer ce qu'il avait dit. (Je donne plus de details dans mon livre : « Victoire sur les forces de la sorcellerie. Le Seigneur m'a délivré la même année par sa grâce, mais cela n'a pas été sans souffrance dans ma vie personnelle et dans mon ministère. Mais je rends gloire à Dieu pour sa grande délivrance dans ma vie.

La troisième fois que j'ai vu des sirènes, c'était en 2011. Elles avaient pris des formes humaines, plus précisément des apparences de femmes. Je les voyais sortir de l'eau et se diriger dans la ville d'Abidjan en Côte d'Ivoire. Elles se dirigeaient aussi vers les églises. Et j'ai entendu la voix du Seigneur qui disait : « *C'est le moment de prêcher l'évangile de la croix*». En d'autres termes, le salut par la mort et la résurrection de Jésus Christ. Prêcher l'évangile de la croix ramène les cœurs des enfants vers le père, c'est-à-dire préparer les cœurs à craindre Dieu afin de ne point tomber dans la séduction de l'ennemi.

La bible nous parle aussi de cette femme Jézabel qui a aussi encouragé des hommes à vivre dans l'impudicité. La bible déclare ceci : « *Mais ce que j'ai contre toi, c'est que tu laisses la femme Jézabel, qui se dit prophétesse, enseigner et séduire mes serviteurs, pour qu'ils se livrent à l'impudicité et qu'ils mangent des viandes sacrifiées aux idoles. Je lui ai donné du temps, afin qu'elle se repentît, et elle ne veut pas se repentir de son impudicité. Voici, je vais la jeter sur un lit, et envoyer une grande tribulation à ceux qui commettent adultère avec elle, à moins qu'ils ne se repentent de leurs œuvres. Je ferai mourir de mort ses enfants; et toutes les Églises connaîtront que je suis celui qui sonde les reins et les cœurs, et je vous rendrai à chacun selon vos œuvres »* (Apocalypse 2 :19-20).

Cet esprit s'est infiltré dans l'église aujourd'hui et influence certains hommes de Dieu à enseigner des fausses doctrines. La sirène séduit les serviteurs de Dieu en leur donnant des puissances sataniques, une onction satanique pour exercer. En retour, ils enseignent des fausses doctrines, pour qu'ils se livrent à l'impudicité et qu'ils mangent des aliments sacrifiés aux idoles. L'esprit de la sirène impose le péché sexuel, l'idolâtrie, l'occultisme et l'amour de l'argent. La bible parle aussi des enfants de Jézabel, c'est-à-dire des agents sataniques, des occultistes, des sorciers qui sont infiltrés dans l'église et qui enseignent des doctrines de Satan pour inciter les enfants de Dieu à vivre dans l'immoralité sexuel et l'idolâtrie. Ses agents sataniques sont aussi dans le monde et influencent plus particulièrement la jeunesse à vivre dans l'immoralité, l'occultisme et l'amour de l'argent. Nous le constatons par la montée de l'immoralité sexuelle.

La sirène lutte jour et nuit pour faire tomber les nombreux chrétiens dans le piège de l'amour de l'argent, l'idolâtrie et la séduction sexuelle. Elle lutte aussi pour y maintenir ceux qui y sont déjà tombés dans ce péché. C'est une lutte quotidienne à laquelle les enfants de Dieu sont confrontés. Le Saint Esprit m'a ouvert les yeux pour connaître la réalité de ce monde afin de pouvoir en témoigner dans ce livre et aider plusieurs.

La quatrième fois que j'ai vu la sirène était pendant la grossesse de ma fille. La sirène ne se cachait plus, elle m'apparaissait de plus en plus pour m'attaquer ouvertement. Cette fois, elle voulait ma fille. Ces attaques étaient répétitives, et mes nuits étaient très agitées pendant ma grossesse. J'avais demandé ma fille au Seigneur et n'étais pas du tout prête à la livrer à la sirène. Le Seigneur l'avait montrée à son père en songe. Il voyait une petite fille qui était avec nous et qui jouait. Il m'en avait parlé à son réveil. J'étais un peu sous le choc parce que nous étions tombés d'accord pour ne pas faire d'enfants afin de nous consacrer au ministère. Nous avions chacun un garçon. Il m'en parlait régulièrement et à force d'en parler, le désir de l'enfant a commencé à naître en moi.

J'ai donc pris la décision de chercher le Seigneur dans la prière pour lui demander l'enfant. J'avais aussi accepté cette idée parce que le Seigneur m'avait dit qu'il avait encore d'autres enfants à me donner. Je ne voulais donc pas désobéir. Et aussi quelque chose concernant le ministère m'avait fait accepté la fille. Une sœur avait eu un rêve qui m'avait perturbé. Elle avait rêvé que le ministère Esther était devenu très grand puis a eu un déclin. J'ai toute suite compris par l'Esprit Saint que c'était parce qu'il n'y avait pas d'héritière. Et le manque d'héritière n'était pas bon pour la continuité de l'œuvre du Seigneur.

J'avais des filles dans le Seigneur, mais je n'en voyais pas vraiment qui étaient prêtes à souffrir pour l'œuvre de Dieu comme je l'étais, ni à se sacrifier pour Christ. J'en voyais surtout qui m'aimaient et qui aimaient Dieu mais qui pensaient beaucoup plus à leur bien être personnel, leurs bénédictions personnelles que le sacrifice que demande l'œuvre de Dieu. L'ennemi les occupaient beaucoup plus aux soucis de leur maison. C'est ainsi que j'ai prié en demandant au Seigneur de me donner une fille pour son œuvre. Une fille qui pourra continuer l'œuvre que le Seigneur avait commencé auprès des femmes au travers de ce ministère Esther Ministries III. Le Seigneur a exaucé ma prière et m'a donné une fille, sa servante.

La sirène le savait et avait commencé à la réclamer pour détruire sa destinée afin d'empêcher l'œuvre du Seigneur de continuer. Mais nous servons un Dieu plus grand. La parole de Dieu déclare ceci : « *Vous, petits-enfants, vous êtes de Dieu, et vous les avez vaincus, parce que celui qui est en vous est plus grand que celui qui est dans le monde* » *(1 Jean 4 :4). Notre fille appartient au Seigneur Jésus et est couverte par le sang de l'alliance. Alléluia ! Elle est couverte par le sang de Jésus Christ. Amen !*

Son père et moi venons tous les deux de zones côtières. Nos villages respectifs sont entourés d'eau. L'adoration des esprits des eaux est pratiquée dans ces deux régions. Cette sirène a réclamé ma fille parce que certainement des pactes que nous ignorions avaient été faits avec cet esprit par les ancêtres. La sirène était donc tout simplement venue chercher son dû, c'est-à-dire son adoration.

Mais j'ai choisi Jésus Christ de Nazareth. Je n'ai désormais point part aux œuvres des ténèbres. J'ai ainsi par le sang de Jésus, le droit de refuser toute réclamation de Satan en tant que parents et de consacrer ma fille à Jésus Christ. Le sang de Jésus est dorénavant le sang de l'alliance qui nous relie à Dieu. La sirène était venue réclamer ma fille afin de l'utiliser comme elle avait fait avec moi dans ma jeunesse. Elle me faisait vivre dans la débauche sexuelle et l'amour de l'argent. Je rends grâce à Dieu pour sa grâce et sa délivrance dans ma vie. Il m'a délivré de l'emprise de la sirène et a fait de moi sa disciple. Ma fille est aussi consacrée à Jésus Christ et elle le servira toute sa vie sur terre et éternellement.

Consacrez vos enfants à Jésus et protégez-les en priant pour leur destinée. Demandez au Saint Esprit de vous révéler les choses cachées et priez quand le Saint Esprit vous les révèle. Couvrez vos enfants au quotidien du sang de Jésus et instruisez les dans les voies du Seigneur. N'achetez surtout pas de poupées sirènes à vos enfants. Ne les exposez pas à cet esprit.

La sirène utilise les stars du cinéma et la musique pour influencer leurs fans. Ces célébrités sont poussées a se dénuder pour chanter pour influencer ceux et celles qui les suivent. Le sexe et la nudité n'ont plus de valeur. C'est l'œuvre de la sirène. Cet esprit continue de vouloir prendre la place de Dieu dans les cœurs de plusieurs. Il veut prendre l'adoration qui est dû au véritable Dieu en imposant l'idolâtrie dans le monde. Il s'en prend à ceux qui adorent Dieu en tuant leur onction par l'impudicité. L'impudicité, l'idolâtrie, la sorcellerie et l'amour de l'argent sont les armes de la sirène

Nous pouvons voir ses œuvres dans le livre des juges, l'histoire de Samson. C'est l'esprit de la sirène qui a oint Délila pour faire tomber Samson. La bible nous dit ceci : « comme elle était chaque jour à le tourmenter et à l'importuner par ses instances, son âme s'impatienta à la mort, il lui ouvrit tout son cœur, et lui dit: Le rasoir n'a point passé sur ma tête, parce que je suis consacré à Dieu dès le ventre de ma mère. Si j'étais rasé, ma force m'abandonnerait, je deviendrais faible, et je serais comme tout autre homme. Délila, voyant qu'il lui avait ouvert tout son cœur, envoya appeler les princes des Philistins, et leur fit dire: Montez cette fois, car il m'a ouvert tout son cœur. Et les princes des Philistins montèrent vers elle, et apportèrent l'argent dans leurs mains. Elle l'endormit sur ses genoux. Et ayant appelé un homme, elle rasa les sept tresses de la tête de Samson, et commença ainsi à le dompter. Il perdit sa force. » (Juges 16 :16-19).

J'ai très mal pour Samson en lisant ce texte. Faisons très attention à qui nous ouvrons notre cœur. Ceci est très important pour ceux et celles qui servent le Seigneur ou qui sont appelés à le servir. Vous voyez, Dagon (la sirène) venait d'offrir la victoire aux Philistins. La bible dit que : « Or les princes des Philistins s'assemblèrent pour offrir un grand sacrifice à Dagon, leur dieu, et pour se réjouir. Ils disaient: Notre dieu a livré entre nos mains

Samson, notre ennemi. Et quand le peuple le vit, ils célébrèrent leur dieu, en disant: Notre dieu a livré entre nos mains notre ennemi, celui qui ravageait notre pays, et qui multipliait nos morts » (Juges 16 :23-24).

Cette victoire n'était pas en réalité la victoire des Philistins, mais celle de Dagon (la sirène). Chaque fois que les enfants de Dieu sont terrassés, la victoire est pour Satan et ses démons. C'est pourquoi, Paul en Ephésiens 6 :12, déclare que nous ne luttons pas contre la chair et le sang. Nous luttons en réalité contre des esprits dans ce monde. Mais n'ayons point peur, notre Seigneur a triomphé. Dagon (la sirène) avait réussi à faire tomber Samson, mais Dieu l'a vengé avant sa mort.

Les récits bibliques nous enseignement ceci: « Dans la joie de leur cœur, ils dirent: Qu'on appelle Samson, et qu'il nous divertisse! Ils firent sortir Samson de la prison, et il joua devant eux. Ils le placèrent entre les colonnes. Et Samson dit au jeune homme qui le tenait par la main: Laisse-moi, afin que je puisse toucher les colonnes sur lesquelles repose la maison et m'appuyer contre elles. La maison était remplie d'hommes et de femmes; tous les princes des Philistins étaient là, et il y avait sur le toit environ trois mille personnes, hommes et femmes, qui regardaient Samson jouer. Alors Samson invoqua l'Éternel, et dit: Seigneur Éternel! souviens-toi de moi, je te prie; ô Dieu! donne-moi de la force seulement cette fois, et que d'un seul coup je tire vengeance des Philistins pour mes deux yeux! Et

Samson embrassa les deux colonnes du milieu sur lesquelles reposait la maison, et il s'appuya contre elles; l'une était à sa droite, et l'autre à sa gauche. Samson dit: Que je meure avec les Philistins! Il se pencha fortement, et la maison tomba sur les princes et sur tout le peuple qui y était. Ceux qu'il fit périr à sa mort furent plus nombreux que ceux qu'il avait tués pendant sa vie » (Juges 16 :25-30).

Nous devons être vigilant comme nous l'enseigne l'apôtre Pierre. Car notre adversaire le diable rode comme un lion rugissant cherchant qui dévorer (1 Pierre 5 :8). Ne vous laissez pas dévorer par lui car il est après votre destinée. Craignez Dieu !

La sirène tisse des alliances avec des personnes, des familles et des peuples. Elle promet la protection, la prospérité et la fécondité. En retour, elle domine sur ces familles. Elle s'oppose au mariage de ces familles et impose des rituels réguliers. C'est une alliance satanique. J'ai prié pour une personne il y'a quelques années au Bénin. Cette femme m'a raconté sa mésaventure avec un dit prophète. En effet, ce prophète lui a proposé pour faire fructifier son commerce, de tisser une alliance sans lui dire avec qui. Il lui a demandé d'aller au bord de la mer pour prier.

Une fois sur place, il lui a dit qu'il allait appeler un esprit pour qu'elle tisse une alliance afin qu'elle devienne très prospère. C'est alors que la sœur a compris que cette alliance était avec un esprit des eaux, plus précisément une sirène. La sœur a pris peur et a refusé la prière et l'alliance que lui proposait ce prophète.

Vous devez faire attention aux alliances que certaines personnes vous demandent de tisser. Ne vendez pas votre âme au diable pour un gain qui n'est pas éternel. Le pire, vous irez en enfer avec Satan. Dieu est capable de vous rendre prospère si vous travaillez dans la patience en lui faisant confiance.

> « Et que servirait-il à un homme de gagner tout le monde, s'il perdait son âme? ou, que donnerait un homme en échange de son âme? Car le Fils de l'homme doit venir dans la gloire de son Père, avec ses anges; et alors il rendra à chacun selon ses œuvres » (Matthieu 16 :26-27).

Il y'a quelques années, le Seigneur m'a permis de rencontrer une sœur originaire du Congo Brazzaville. Cette sœur était divorcée et voulait que je prie avec elle pour la restauration de son mariage. J'ai accepté d'aller chez elle pour prier. J'ai été visité dans mon sommeil le même soir par une femme qui ressemblait fortement à cette sœur pour qui j'avais prié. Cette femme était très en colère parce que j'avais prié pour la sœur. C'était la sirène.

J'ai expliqué à cette sœur ce que le Seigneur m'avait révélé. C'est alors qu'elle m'a expliqué que sa mère l'avait dédié à la sirène car sa mère adorait la sirène. Elle faisait des sacrifices annuels pour elle et ses enfants. Au cours des rituels, elle apportait des offrandes à la sirène. Ces offrandes étaient apportées au bord de la mer. Sa mère devait s'habiller en blanc et tenir l'offrande en main pour attendre la sirène. La sirène sortait de l'eau pour recevoir l'offrande. La sœur m'a expliqué que quand la sirène agréait l'offrande, un serpent sortait de l'eau. Le serpent faisait un tour autour de sa mère et de l'offrande pour attester qu'il acceptait cette offrande. Le serpent emportait ensuite l'offrande sous l'eau. C'était la joie pour la personne qui avait apporté l'offrande parce que la sirène les rendaient riches en retour.

Ce que ces personnes ignoraient, était que leur âme et celles de leurs descendants appartenaient à la sirène. Eux et leurs descendants étaient prisonniers de la sirène. A cause de cette alliance que cette mère avait tissé avec la sirène, son mariage et ceux de ses enfants étaient pris en captivité par la sirène. Cette sœur m'a raconté sa souffrance après son mariage. Elle avait donné sa vie à Jésus et pensait vivre le bonheur. Mais au lieu de cela, c'était le contraire. Elle souffrait terriblement. Et ses souffrances avaient débuté très vite après son mariage. Elle m'a raconté qu'un soir pendant qu'elle regardait la télévision avec son époux, des êtres ont apparu dans la télévision pour les effrayer. Son époux a pris peur et s'est enfui. Il s'est ensuite ressaisi après que ces êtres avaient disparu. L'apparition de ces personnes étaient le signe des troubles dans le mariage.

Son mari avait changé négativement après le

départ de ces êtres. Il avait cessé de prier et d'aller à l'église alors qu'il était celui qui l'avait fait découvrir le Seigneur Jésus Christ. Il avait abandonné le chemin du Seigneur et avait repris la vie de péché qu'il avait abandonné. Il s'en prenait à elle parce qu'elle continuait d'aller à l'église. Pour augmenter sa souffrance, il a demandé le divorce et a obtenu gain de cause. Cette sœur souffrait parce qu'elle avait brisé quelque chose. Elle ignorait que l'alliance que sa mère avait tissé avec la sirène interdisait le mariage. Il faut savoir que même si vous êtes ignorant d'une alliance avec la sirène, elle s'en prendra quand même à vous. Cette sœur a subi même si elle n'était pas directement responsable.

Le Seigneur a permis que je la rencontre et que je prie avec elle. C'est ainsi que nous avons commencé des séries de prières intenses. La bible nous enseigne que la prière fervente (persévérante) du juste a une grande efficacité (Jac 5 :16). L'écran de la télévision a pris feu et s'est brisé pendant que nous prions. C'était le début de la délivrance. En effet, la télévision était le point de contact entre la maison de la sœur et les esprits. Ils se servaient de sa télévision pour surveiller sa maison et l'attaquer. Nous avons continué de prier ainsi jusqu'à la délivrance totale de la sœur. Et par la grâce de Dieu, après quelques mois de prières intenses, son époux a aussi été visité par le Seigneur. Son mariage a été restauré son mariage.

J'ai été très attaquée après par les esprits des eaux. C'était au début de mon ministère. J'ai eu des séries de problèmes dans ma vie personnelle parce que j'avais prié pour cette sœur. L'une des raison pour lesquelles j'avais eu de sérieux difficultés dans ma vie personnelle, était parce que je m'étais engagée dans un combat contre l'esprit de la sirène. Cet esprit avait un droit légal pour attaquer cette sœur parce que sa mère avait tissé une alliance. Et tous ceux qui entraient dans ce combat contre cette sirène subissaient de lourdes conséquences. Ce sont des choses légales.

Il fallait appliquer le travail fini de Jésus Christ à la croix de Golgotha. Il fallait d'abord amener cette famille à la repentance et présenter le sang de Jésus à la sirène au lieu de l'attaquer comme je l'avais fait. Je devais demander au Seigneur de juger l'esprit sur la base de ce que Jésus avait fait à la croix de Golgotha pour cette sœur. Une fois l'esprit jugé, nous pouvions nous en prendre à elle et la chasser au nom de Jésus Christ. Pourquoi ? Pour la simple raison que la sirène avait un droit légal sur la sœur. Une alliance avait été tissée. Et cette alliance était légale. L'alliance avec Christ est une alliance légale qui annule tout autre alliance dans notre vie. Une repentance est importante.

Aujourd'hui avec beaucoup plus d'expériences dans le ministère, j'ai appris comment éviter certaines représailles de Satan contre moi et ma maison. Je rends gloire à Dieu pour ce que le Seigneur a fait dans la vie de cette sœur. La bataille n'a pas été facile, mais la victoire a été pour elle au nom de Jésus Christ.

La sirène travaille activement avec l'esprit du serpent et l'esprit du dragon pour séduire, étouffer, et détruire la vie de plusieurs habitants de la terre.

L'ESPRIT DU SERPENT

L'esprit du serpent est la puissance de la divination des esprits des eaux et de la sorcellerie. Cet esprit un esprit de mensonge, de distraction, de calomnies et d'accusations. L'esprit du serpent est un esprit très méchant et destructeur qui vient avec tout son venin pour piquer, étouffer et tuer sa victime.

Partout où vous voyez l'esprit du serpent, l'esprit de la sirène n'est pas loin. Ils sont strictement liés. La mission de cet esprit est d'arrêter et d'étouffer la vie de prière des enfants de Dieu et d'empêcher plusieurs de se convertir à Christ. Il hait la communion fraternelle et intervient chaque fois qu'il y'a un réveil dans la prière, quand la communion avec le Seigneur est à son pic. Il est envoyé par Satan pour interrompre cette communion avec le Saint Esprit en envoyant la séduction, la confusion, la division et des problèmes dans la vie de sa victime.

Le diable sait que la prière est essentielle dans la vie d'un enfant de Dieu et se bat nuit et jour pour empêcher cela. Non seulement la prière nous permet de maintenir notre relation avec le père céleste, de plus, nous pouvons demander et recevoir toutes les bénédictions que Dieu a pour nous (Luc 11 :9-10).

La prière nous permet aussi de connaitre la volonté de Dieu pour nous. La prière nous permet de résister aux différentes tentations de Satan et surmonter toutes épreuves (Matthieu 26 :41). La prière nous permet aussi de triompher des forces des ténèbres et d'être délivrés des prisons sataniques (Actes 16 :22 – 26).

C'est pour toutes ces choses que l'esprit du serpent est envoyé, pour dérober, tuer et égorger. Il veut détruire notre vie de prière et notre communion avec le Saint Esprit. Je peux vous assurer que les attaques du serpent et du dragon sont très violentes. Il faut redoubler d'efforts dans la prière et tenir ferme pour triompher de ces esprits. La bible nous parle de cet esprit de python que Paul a rencontré en Actes 16 :16-18. Il est écrit comme suit : *« Comme nous allions au lieu de prière, une servante qui avait un esprit de Python, et qui, en devinant, procurait un grand profit à ses maîtres, vint au-devant de nous, et se mit à nous suivre, Paul et nous. Elle criait: « Ces hommes sont les serviteurs du Dieu Très Haut, et ils vous annoncent la voie du salut. Elle fit cela pendant plusieurs jours. Paul fatigué se retourna, et dit à l'esprit: Je t'ordonne, au nom de Jésus Christ, de sortir d'elle. Et il sortit à l'heure même »*.

Les récits bibliques nous disent que la servante devinait. C'est-à-dire qu'elle travaillait avec l'esprit de divination. Et le mot divination en grecque est puthon, qui est représenté par un python. L'esprit de divination est l'esprit du python, l'esprit du serpent. C'est aussi la puissance de voyance dans le monde de la sorcellerie. C'est la puissance qui leur permet d'épier et de surveiller leurs victimes.

Lorsque l'esprit de python attaque, il utilise d'abord la distraction comme cela a été le cas avec Paul. Cette jeune fille qui parlait par l'esprit de python, le faisait pour distraire l'apôtre Paul et empêcher les conversions de ceux qui écoutaient la parole de Dieu. L'esprit de python utilise un mensonge qui ressemble à la vérité afin de semer la confusion et le doute dans les cœurs de ses victimes, mais parle par un esprit de mensonge. Ce que cette jeune fille disait au sujet de Paul était vrai, mais elle parlait par un esprit de séduction. Ce n'était pas par l'esprit de Dieu qu'elle parlait mais le serpent.

Quand cet esprit vous attaque, vous vous sentez oppressé, acculé et étouffé. Il souffle l'esprit de lourdeur pour vous empêcher de prier. Vous vous sentez tellement épuisé que lorsque votre heure de prière arrive, vous vous endormez. Vous avez l'impression que vous êtes sans espoir. Il vient pour dérober la présence de Dieu. Il vient freiner votre élan dans la prière. Quand il voit que vous priez trop, il vient vous attaquer pour vous arrêter.

Paul avait une vie de prière très élevée et une forte relation avec Christ. Il a cependant fait face à cet esprit du serpent à Philippes. C'est aussi un esprit qui donne du gain à ceux qui travaillent avec lui et appauvrit ceux qui s'y opposent. Ceux qui travaillent avec l'esprit de python le font pour du gain, à savoir, les faux prophètes. Les faux prophètes sont les voyants, les mediums, les féticheurs, les prophètes dans les fausses religions et les prophètes corrompus dans nos églises à l'image de Balaam. Ces gens voient clairement, mais par le serpent. Vous les remarquerez à leurs fruits. Ils sont avides d'argent et de plaisirs sexuels. Ils vivent dans l'impudicité et le mensonge sans crainte. Ils prêchent le mensonge, des mystères non bibliques pour séduire le peuple de Dieu et le maintenir dans le péché sexuel et l'idolâtrie.

Lorsque cet esprit est lancé contre une personne, le plus souvent contre les serviteurs et servantes de Dieu et contre les fervents chrétiens. Il commence d'abord par la séduction. Quand il échoue, il procède par les calomnies et les accusations. Il fait souffrir sa victime émotionnellement, physiquement, financièrement, sentimentalement, etc. Il choisit un domaine particulier qu'il attaque jusqu'à ce que sa victime abandonne ce qu'elle fait pour Dieu. Il attaque aussi les couples qui craignent Dieu afin de les séparer.

Paul et Silas avaient été accusés faussement, battus et mis en prison parce que Paul avait chassé l'esprit de python du corps de cette servante. « Les maîtres de la servante, voyant disparaître l'espoir de leur gain, se saisirent de Paul et de Silas, et les traînèrent sur la place publique devant les magistrats. Ils les présentèrent aux préteurs, en disant: Ces hommes troublent notre ville; ce sont des Juifs, qui annoncent des coutumes qu'il ne nous est permis ni de recevoir ni de suivre, à nous qui sommes Romains. La foule se souleva aussi contre eux, et les préteurs, ayant fait arracher leurs vêtements, ordonnèrent qu'on les battît de verges. Après qu'on les eut chargés de coups, ils les jetèrent en prison, en recommandant au geôlier de les garder sûrement. Le geôlier, ayant reçu cet ordre, les jeta dans la prison intérieure, et leur mit les ceps aux pieds » (Actes 16 :19-24).

Philippes était la première ville d'un district de Macédoine et une colonie. C'était une contrée ou dominait l'esprit de python. Il y'a des zones où domine cet esprit en Europe et dans plusieurs régions dans le monde. C'est un esprit qui détruit beaucoup de ministères et de destinées. Le Seigneur m'a délivré de cet esprit en Belgique après un long combat dans la prière et après avoir traversé plusieurs humiliations.

Chaque fois que vous vous sentez attaqués, vous devez répondre tout de suite par la prière par le sang de Jésus et par la parole de Dieu. Ne minimisez pas les attaques du serpent. Contre attaquez quand vous sentez sa présence. Autrement cet esprit vous détruira. Demandez au Saint Esprit de vous révéler les choses cachées. De nombreux ministères ont malheureusement été détruits et avalés par l'esprit du serpent dans le monde. J'ai été personnellement victime de l'esprit du serpent à maintes reprises dans mon ministère. J'ai même failli arrêter le service de Dieu à cause des attaques qui étaient très violentes.

Cet esprit a utilisé des personnes proches pour me détruire. Mais le Seigneur m'a délivré de leurs mains. Le Seigneur m'a révélé que derrière les attaques du serpent se cachait l'esprit de la sirène. J'ai redoublé d'efforts dans le jeûne et la prière pour triompher de cet esprit au nom de Jésus. La stratégie de de cet esprit contre moi était l'accusation. Ce que l'ennemi voulait, était d'arrêter mon ministère. Mais par la grâce de Jésus Christ, j'ai pu me relever de là ou j'étais tombée.

En Apocalypse 12 :15-16, la bible révèle les intentions de l'esprit de serpent. Il est écrit comme suit: « *Et, de sa bouche, le serpent lança de l'eau comme un fleuve derrière la femme, afin de l'entraîner par le fleuve. Et la terre secourut la femme, et la terre ouvrit sa bouche et engloutit le fleuve que le dragon avait lancé de sa bouche* ».
Quand le serpent attaque, vous vous sentez comme attaqué par un violent déluge qui va vous emporter. C'est un puissant esprit de sorcellerie que Satan utilise pour détruire des vies. C'est un esprit de mensonge qui détruit de nombreux mariages en faisant entrer le mensonge, le soupçon, le péché et la trahison.

Il divise les couples en envoyant des messages de mensonges et de calomnies. C'est pour cette raison que vous devez discerner à la lumière des écritures, les songes, visions et voix que vous entendez quand vous sortez de familles ou le mariage est interdit. Car quand vous réussissez à vous marier malgré ses oppositions, Satan envoie l'esprit du serpent pour vous séduire et vous faire sortir.

Certains couples se sont séparés parce qu'ils ont été manipulés par cet esprit. Des personnes qui s'aimaient avant le mariage, sont devenus ennemis dans le mariage. Pour la simple raison qu'ils ont écouté la voix du serpent sans discernement. Le serpent leur a envoyé des visions et des songes mensongers pour les diviser. Il monte le mari contre la femme et vice versa.

Il peut montrer la femme comme une sorcière ou le mari comme un sorcier. Il le fait pour les opposer. Quand le couple ne discerne pas, les soupçons et la haine entrent dans le mariage. Les époux se haïssent du jour au lendemain sans raison apparente. Et si par malheur ces couples ne prient pas, le serpent réussit à les séduire et le séparer. De nombreux divorces de nos jours sont causés par l'esprit de serpent et la sirène.

Le serpent envoie aussi des faux maris et fausses femmes pour vous rendre malheureux (se) et vous détourner de votre destinée. Il sait que s'il réussit à vous faire entrer dans un faux mariage, il pourra ainsi dérober votre joie et votre destinée. Il donne des fausses révélations afin de guider sa victime vers le mauvais mari ou la mauvaise femme. Le but est de contrôler sa destinée. Le plus malheureux une personne est dans son mariage, le plus heureux est Satan. C'est pour cette raison que vous devez vraiment prier avant de vous engager dans un mariage et surtout demander l'esprit de discernement au Saint Esprit pour discerner tous les songes et les visions que vous recevez par vous-même ou par les autres.

Le serpent a aussi pour mission de séduire sa victime pour la pousser à désobéir à la parole de Dieu. C'est ce que cet esprit a fait dans le jardin d'Eden. Il a séduit Eve et l'a poussé à désobéir au commandement de Dieu. Les conséquences de cette désobéissance ont coûté à l'humanité. Mais nous rendons gloire à Dieu pour le don de Jésus Christ. Par lui, le monde a été sauvé de la condamnation. Soyez donc vigilants et résistez à cet esprit avec une foi ferme au nom de Jésus. La victoire est pour vous si vous n'abandonnez pas.

> « Voici, je vous ai donné le pouvoir de marcher sur les serpents et les scorpions, et sur toute la puissance de l'ennemi; et rien ne pourra vous nuire » (Luc 10 :19).

Les attaques du serpent sont un peu similaires au dragon. D'ailleurs ces deux esprits sont identiques mais attaquent de différentes façons.

L'ESPRIT DU DRAGON

L'esprit du dragon est directement relié à l'esprit du serpent. Apocalypse 12 :9 dit ceci: « *Et il fut précipité, le grand dragon, le serpent ancien, appelé le diable et Satan, celui qui séduit toute la terre, il fut précipité sur la terre, et ses anges furent précipités avec lui ».*

La bible appelle le dragon, le serpent ancien. Le serpent ancien est certainement le serpent qui a séduit Eve dans le jardin d'Eden. Genèse 3 :1 nous dit que le serpent était le plus rusé de tous les animaux des champs, que l'Éternel Dieu avait faits. Il dit à la femme*: « Dieu a-t-il réellement dit: Vous ne mangerez pas de tous les arbres du jardin? ».*

Le serpent était un animal très intelligent, mais sa nature a changé quand il s'est laissé utiliser par Satan. Son intelligence s'est transformée en ruse. La bible dit qu'il était l'animal le plus rusé. C'est-à-dire qu'il était un animal très habile. C'est d'ailleurs pour cette raison que le diable l'a utilisé. Quand Dieu prononce son jugement contre le serpent après la chute, il lui dit ceci : « Puisque tu as fait cela, tu seras maudit entre tout le bétail et entre tous les animaux des champs, tu marcheras sur ton ventre, et tu mangeras de la poussière tous les jours de ta vie » (Genèse 3 :14).

Le serpent a été réduit à marcher sur son ventre et avoir la poussière comme nourriture parce qu'il a séduit Eve. Le châtiment du serpent de marcher sur son ventre montre qu'il avait auparavant des pâtes. Ce qui nous ramène à Apocalypse douze, ou le dragon est appelé le serpent ancien. Le dragon est le serpent. C'est est un serpent volant. Le mot dragon vient du mot hébreu Tanniyn, qui signifie grands poissons, crocodiles, dragon ou dinosaure, serpent venimeux, chiens sauvages, chacals, monstre de mer ou de fleuve. Le prophète Jérémie parle plusieurs fois de dragons dans son livre. En son chapitre 9 :11, Dieu déclare ceci : « Et je réduirai Jérusalem en monceaux de ruines, elle sera une retraite de dragons, et je détruirai les villes de Juda, tellement qu'il n'y aura personne qui y habite » (Martin bible). Et encore : « Voici, un bruit de certaines nouvelles est venu, avec une grande émotion de devers le pays d'Aquilon, pour ravager les villes de Juda, et en faire une retraite de dragons » (Jérémie 10 :22, Martin bible).

Et encore Jérémie 51:34 nous dit ceci : « Nebucadnetsar, roi de Babylone, m'a dévorée, m'a détruite; Il a fait de moi un vase vide; Tel un dragon, il m'a engloutie, Il a rempli son ventre de ce que j'avais de précieux; Il m'a chassée ». Et Job dans ses épreuves déclara ceci : « Je suis devenu le frère des dragons, et le compagnon des hiboux » (Job 30 :29 Martin Bible). Nous pouvons voir clairement que l'esprit de dragon était fortement en activité. Job était oppressé par l'esprit des eaux.

L'esprit du dragon est réel et est adoré par plusieurs peuples en l'occurrence en Asie ou l'esprit du dragon est très actif dans presque toutes les régions et familles. L'esprit de dragon attaque lors d'une transition. Il vient vous attaquer lorsque vous devez passer à une autre dimension de votre vie. C'est un esprit d'oppression et de persécution. Néhémie 2 :13 nous dit : « *Je sortis de nuit par la porte de la vallée, et je me dirigeai contre la source du dragon et vers la porte du fumier, considérant les murailles en ruines de Jérusalem et réfléchissant à ses portes consumées par le feu ».*

C'est un esprit de destruction. Il détruit les projets, les réalisations et les bénédictions. Satan est directement associé à l'esprit du dragon. C'est un esprit qui attaque pour tuer la prophétie de Dieu. En Apocalypse 12 :14, il est écrit comme suit : *« Un grand signe parut dans le ciel: une femme enveloppée du soleil, la lune sous ses pieds, et une couronne de douze étoiles sur sa tête. Elle était enceinte, et elle criait, étant en travail et dans les douleurs de l'enfantement. Un autre signe parut encore dans le ciel; et voici, c'était un grand dragon rouge, ayant sept têtes et dix cornes, et sur ses têtes sept diadèmes. Sa queue entraînait le tiers des étoiles du ciel, et les jetait sur la terre. Le dragon se tint devant la femme qui allait enfanter, afin de dévorer son enfant, lorsqu'elle aurait enfanté ».*

Toutes les personnes qui sont oppressées par l'esprit du dragon souffrent terriblement dans leur vie. L'esprit s'en prend à tout ce qu'elles possèdent: **« Mariage, destructions de l'avenir des enfants, finances, santé ».** C'est un esprit très farouche et méchant. Il pourchasse jusqu'à atteindre et détruire complètement sa cible. En Apocalypse 12 :13, la bible dit que quand le dragon vit qu'il avait été précipité sur la terre, il poursuivit la femme qui avait enfanté l'enfant mâle. Le dragon était après l'enfant male, c'est-à-dire après la promesse de Dieu, après l'héritage de la femme. C'est un esprit qui va jusqu'au meurtre de sa victime ou tue ce qu'elle possède. C'est pourquoi, il faut lui résister avec d'instances prières et une foi ferme.

Chapitre Quatre

COMMENT CES ESPRITS ENTRENT-ILS DANS NOS VIES

La première porte d'accès à ces esprits dans la vie des hommes et femmes qu'ils attaquent est l'idolâtrie. Selon le dictionnaire le Larousse, l'idolâtrie est un culte rendu à des idoles ou à des créatures adorées comme la divinité même.
Synonyme : fétichisme.
(https://www.larousse.fr/dictionnaires/francais/idol%C3%A2trie/41463)

La bible nous enseigne deux types d'idolâtries : La première est l'adoration des idoles, les faux dieux et la seconde est l'idolâtrie du cœur, plus particulièrement le péché sexuel et la cupidité.

L'ADORATION DES FAUX DIEUX

En Exode 20 :4-5, la bible déclare comme suit :
« Tu ne te feras point d'image taillée, ni de représentation quelconque des choses qui sont en haut dans les cieux, qui sont en bas sur la terre, et qui sont dans les eaux plus bas que la terre. Tu ne te prosterneras point devant elles, et tu ne les serviras point; car moi, l'Éternel, ton Dieu, je suis un Dieu jaloux, qui punis l'iniquité des pères sur les enfants

jusqu'à la troisième et la quatrième génération de ceux qui me haïssent »

Ceux qui pratiquent l'idolâtrie haïssent Dieu. Et ceci est le cas pour plusieurs. Malheureusement beaucoup ne savent pas qu'ils haïssent Dieu. Dieu hait l'idolâtrie. L'idolâtrie donne un droit légal à la sirène de maintenir la vie de plusieurs en captivité. La parole de Dieu déclare ceci : «Ne savez-vous pas qu'en vous livrant à quelqu'un comme esclaves pour lui obéir, vous êtes esclaves de celui à qui vous obéissez, soit du péché qui conduit à la mort, soit de l'obéissance qui conduit à la justice? » (Romains 6 :16).

Des familles s'adonnent à l'adoration des esprits qui sont dans les eaux dans le monde. En Afrique par exemple, des rituels sont faits en l'honneur de la sirène. Des aliments, des vêtements, des objets, de l'argent et des sacrifices d'animaux sont offerts comme offrande à cet esprit. Vous devez savoir que la bible nous demande de fuir les idoles (1 Corinthiens 10 :14).

La bible nous enseigne que les sacrifices des païens sont offerts à des démons et à ce qui n'est pas Dieu. Nous ne devons pas avoir quoi que ce soit de commun avec eux (1 Corinthiens 10 :20). Ce qui veut dire que tous les rituels faits au bord de l'eau ou ailleurs pour honorer des esprits sont des rituels faits à des démons. Celui qui reçoit les sacrifices et les adorations, n'est rien d'autre que la sirène. Cet esprit se cache derrière toutes ces choses pour dérober l'adoration que les hommes doivent rendre à Dieu. C'est aussi de cette manière que cet esprit entre dans la vie de nombreuses personnes pour les maintenir en esclavage.

Une alliance est automatiquement tissée au moment des rituels. Un mauvais esprit est alors assigné à cette famille qui en devient le gardien. Il a pour devoir de veiller sur tous les membres. Il devient ainsi l'homme fort qui domine et règne sur cette famille jusqu'à la délivrance par la prière des saints. Une sœur m'a raconté que sa mère avait tissé une alliance avec la sirène sans le savoir. Sa mère qui n'étant pas chrétienne à cette époque est allé au bord de l'eau pour demander un enfant, plus précisément un garçon à l'esprit de l'eau. La nuit, sa mère a vu une femme dans son sommeil qui lui a dit que sa demande avait été acceptée. Cette femme a promis de lui donner un fils. Quelques temps après, sa mère est tombée enceinte et c'était un garçon comme promis. Ce garçon a grandi et est devenu un homme. Il s'en sort bien financièrement, mais n'arrive pas à réaliser quoi que ce soit. Il a tout ce qu'il faut pour se marier mais n'y arrive pas et même n'y pense même pas.

Il ne pense pas à se marier parce qu'il est déjà marié avec la sirène qui le maintien en captivité dans le monde des ténèbres. Cet homme n'est pas le seul dans ce cas. Il y'a de milliers d'hommes et de femmes qui sont esclaves de cet esprit. Certaines femmes pour cause de stérilité tissent des alliances avec la sirène en leur demandant un enfant.

Certaines de ces femmes vont au bord de l'eau pour faire des bains et de rituels dans l'espoir d'avoir des enfants. La sirène exauce la demande et devient la gardienne légale de cet enfant qui va naître. Elle a plein droit sur sa destinée jusqu'à la délivrance du Seigneur Jésus. Cet esprit épouse aussi l'enfant. Ce qui signifie que tout mariage est interdit. Certains enfants sont interdits de manger du poisson à cause de l'alliance que les parents ont tissé avec la sirène.

Cet esprit combat tout mariage avec une personne physique. S'il ne réussit pas à empêcher sa victime d'entrer dans le mariage, il s'en prend à ce mariage jusqu'à sa destruction totale. Il attaque les projets du couple, la santé et les finances. Il crée les mésententes et disputes, en d'autres mots il leur mène la vie tellement misérable que certaines personnes regrettent même de s'être mariées.

La sirène combat aussi l'enfantement de l'homme ou la femme. Si elle découvre que la femme est enceinte, elle s'en prend à la grossesse pour tuer l'enfant dans son ventre. La sirène est à la base de nombreuses fausses couches et d'enfants morts à la naissance. Et si elle échoue, elle s'en prend à la santé de l'enfant jusqu'à le tuer si possible.

La sirène est responsable de la majorité des maladies physiques et mentales de nombreux enfants. Certains handicaps chez certains enfants sont causés par la sirène. Si elle échoue, elle s'en prend aux enfants en influençant négativement leur destinée. Elle les pousse à la rébellion, à la drogue et toutes formes d'immoralité sexuelles. En d'autres mots, la sirène s'en prend à tout ce qui sort du couple. Il y'a aussi des familles qui se mettent sous le joug de ces esprits en allant consulter des devins, des guérisseurs, des médecins traditionnels, qui pour la plupart font appel à des esprits impurs.

Le seul moyen d'en être délivré est de venir à Jésus Christ qui est le sauveur du monde. Vous devez aussi savoir que ces alliances tissées avec la sirène ne se limitent pas à une seule personne. Elles se prolongent sur les descendants jusqu'à la troisième et quatrième génération de ceux/celles qui haïssent Dieu. C'est-à-dire ceux et celles qui n'ont pas Jésus Christ.

L'IDOLATRIE DU COEUR

La seconde porte est l'idolâtrie du cœur. L'idolâtrie du cœur est la chose que nous aimons plus que Dieu. Cette chose qui prend plus de place dans notre vie que Dieu. Ce sont les passions terrestres. La bible nous demande de faire mourir les membres qui sont sur la terre, l'impudicité, l'impureté, les passions, les mauvais désirs, et la cupidité, qui est une idolâtrie. C'est à cause de ces choses que la colère de Dieu vient sur les fils de la rébellion» (Col 3 :5).

La bible décrit toutes ces choses comme étant l'idolâtrie. C'est à dire les rapports sexuels hors mariage (impudicité, la fornication, échangisme, pornographie, masturbation, homosexualité, lesbianisme et toute forme d'immoralité sexuelle). Le péché sexuel est une grande porte, car ces esprits se nourrissent du péché sexuel. Lorsque vous avez des rapports sexuels illicites, le mari de nuit peut entrer dans le corps de la personne avec qui vous couchez pour vous souiller. La bible dit en Proverbes 5 :8-10, *«Eloigne-toi du chemin qui conduit chez elle, Et ne t'approche pas de la porte de sa maison, De peur que tu ne livres ta vigueur à d'autres, Et tes années à un homme cruel; De peur que des étrangers ne se rassasient de ton bien, Et du produit de ton travail dans la maison d'autrui »*. Ces esprits prennent la vigueur de leurs victimes. Ils emprisonnent leurs âmes et en font leurs esclaves. Ainsi ils peuvent abuser d'eux/elles quand ils le désirent.

C'est une pratique que les occultistes connaissent très bien. Car en couchant avec les hommes/femmes, ils dérobent leurs destinées, leurs bénédictions, fécondités, santé, etc.. Je le dis particulièrement pour les femmes qui veulent à tout prix épouser des hommes riches. Plus précisément les hommes qui ne connaissent pas le Seigneur et ce, peu importe la couleur de leur peau.

De nombreux hommes en Afrique et en occident qui sont immensément riches sans Dieu sont pour la plupart des cas, des personnes qui ont tissé des alliances avec la sirène. C'est pourquoi certains occultistes à un stade avancé dans l'occultisme pratiquent la pédophilie, zoophilie ou ont une vie sexuelle désordonnée dans le but de prendre la vigueur et dérober l'étoile des personnes avec qui ils ont des rapports sexuels. Ils ne choisissent pas le/la partenaire au hasard. Ils choisissent ceux/celles qui ont des étoiles, un avenir brillant. Priez pour vous marier, prier pour que Dieu vous donne une personne qui le craint. Certaines personnes par amour pour l'argent se sont adonnées à des personnes qui ont étouffé et dérobé leur destinée (mariage, enfantement, finances, projets etc.).

> « Mais ceux qui veulent s'enrichir tombent dans la tentation, dans le piège, et dans beaucoup de désirs insensés et pernicieux qui plongent les hommes dans la ruine et la perdition. Car l'amour de l'argent est une racine de tous les maux; et quelques-uns, en étant possédés, se sont égarés loin de la foi, et se sont jetés eux-mêmes dans bien des tourments »1 Timothée 6 :9-10.

LE PACTE AVEC SATAN

Le pacte avec Satan est une grande porte d'entrée. En entrant dans des sectes pour l'argent et le pouvoir, certaines hommes et femmes ont tissé des alliances avec la sirène. La parole de Dieu nous met en garde contre ces pratiques. La bible nous ceci :« Et que sert-il à un homme de gagner tout le monde, s'il perd son âme ? Que donnerait un homme en échange de son âme ? » (Marc 8 :36-37).

Ces personnes, pour l'amour de l'argent font des pactes avec le diable. En retour, Satan leur demande quelque chose qui leur coûte cher. Certains abandonnent le mariage, c'est à dire qu'ils n'ont pas le droit de se marier. En le faisant, ces personnes ouvrent ainsi la porte de la malédiction de célibat sur elles-mêmes et leurs descendants. D'autres abandonnent le désir de faire des enfants. Et les autres doivent se livrer à des vices sexuels très pervertis tel que la pédophilie, l'homosexualité, zoophilie, échangisme, pour conserver leur richesse.

COMMENT CELA SE MANIFESTE-T-IL

Cette alliance est faite par des échanges de vœux. Cela signifie que les deux parties s'engagent à honorer leur contrat. C'est un engagement verbal qui est fait par la famille. Des objets, des vêtements ou de la nourriture sont apportés comme offrandes (sacrifices) au moment des rituels. Ces sacrifices sont souvent faits au bord de l'eau (mers, fleuves, rivières, lagunes, lacs, des cours d'eau, etc.). Les sacrifices sont généralement apportés à la demande de l'esprit.

Certaines personnes font des incisions sur leur corps pour être protégées par cet esprit des eaux. Ils sont en réalité consacrés à ces esprits. Des incantations sont faites au moment des incisions. Ces incisions sont des points de contact avec la sirène. Les sacrifices de nourritures ou d'objets sont régulièrement donnés au cours de l'année à un jour bien précis.

Les rituels doivent être respectés pour éviter que des malheurs arrivent aux membres de la famille. Il y'a des conséquences quand les rituels ne sont pas honorés. La sirène devient le gardien de la famille. C'est ce que la bible appelle l'homme fort. Ils veillent sur tous les membres (Marc 3 :27). C'est une alliance satanique ! Elle est faite avec un ou quelques membres de la famille, mais ses effets s'étendent sur plusieurs générations même sur ceux qui n'ont fait aucune alliance avec ces esprits. Ils sont liés a la famille par le sang et donc héritiers de la malédiction.

La sirène ne meurt pas. Elle épouse tous les membres de la famille. Son règne perdure de génération en génération jusqu'à la délivrance par la prière des saints. Comme je l'ai mentionné plus haut, ils ont la capacité de prendre des formes humaines pour venir sur terre pour rechercher des rapports sexuels. Nous pouvons le constater par l'augmentation de la méchanceté sur terre, du haut dégrée d'occultisme et de la forte augmentation de l'immoralité sexuelle.

La sirène souille ses victimes pendant leur sommeil. Au réveil, la victime croit tout simplement qu'elle a fait un cauchemar. Il arrive parfois que la victime souillée dans son sommeil par l'esprit de la sirène éprouve une telle excitation qu'elle se réveille avec le drap mouillé. Elle retrouve des traces de sperme alors qu'elle s'était endormie seule. Cet esprit prend souvent l'apparence des personnes que vous connaissez (époux, épouse, fiancé (e), voisin, ami, etc.). Elle peut aussi prendre des formes animales.

L'esprit de la sirène souille la pensée de sa victime en lui présentant des images sexuelles dans ses rêves. Une fois la pensée souillée, la porte est ouverte. Elle peut agir, c'est-à-dire coucher avec la victime. Cet esprit procède d'abord par des attouchements, puis termine par les rapports sexuels. La victime voit la scène dans son rêve, mais en fait l'action se passe dans le spirituel, c'est son âme qui est souillée. Et quand l'âme est souillée, le corps l'est aussi.

L'Homme est composé de trois parties, c'est-à-dire l'esprit, l'âme et le corps. Lorsque vous donnez votre vie à Jésus, votre esprit est réconcilié avec Dieu et ne peut être souillé. Pour atteindre le corps, ces esprits souillent vos pensées et votre cœur parce que l'âme réside dans le cœur. C'est pour cette raison que vous devez protéger vos pensées, car ce sont pensées qui transmettent les informations au cœur. La bible dit que tel un homme pense dans son cœur, tel il est (Proverbes 23 :7).

Quand votre cœur est souillé, c'est en réalité votre âme qui l'est, et cela affecte aussi votre corps qui est directement relié à votre âme. Il est écrit comme suit : « Que le Dieu de paix vous sanctifie lui-même tout entiers, et que tout **votre être, l'esprit, l'âme** et le corps, soit conservé irrépréhensible, lors de l'avènement de notre Seigneur Jésus Christ! » (1 Thess 5 :23). Ces trois : esprit, âme et corps (être) doivent être conservés purs. Le diable le sait et c'est pour cette raison qu'il souille l'âme.

COMMENT SAVOIR SI C'EST UNE ATTAQUE OU UN MARIAGE

Tout dépend de la fréquence d'apparition de cet esprit dans les rêves. Si cet esprit apparait de façon régulière, c'est-à-dire que s'il apparait à des jours bien précis dans la semaine, et ce, continuellement, c'est un mariage (une alliance). vous êtes en alliance avec cet esprit. Mais s'il se présente rarement, dans ce cas c'est une attaque. L'esprit vient pour vous souiller afin de détruire un projet très important, ou s'opposer à la bénédiction que Dieu vous envoie.

Sachez que les esprits partent des corps par la prière au nom de Jésus. Le baptême d'eau est le baptême de repentance. La bible nous enseigne que si nous confessons de notre bouche le Seigneur Jésus, et nous croyons dans notre cœur que Dieu l'a ressuscité des morts, nous serons sauvés (Rom 10 :8). Il est aussi écrit qu' à tous ceux qui l'ont reçue, à ceux qui croient en son nom, elle a donné le pouvoir de devenir enfants de Dieu, lesquels sont nés, non du sang, ni de la volonté de la chair, ni de la volonté de l'homme, mais de Dieu (Jn 1 :12-13). Si vous recevez Jésus Christ et croyez en son nom, vous devenez enfant de Dieu et recevez le salut en son nom. Vous recevez la rédemption par le sang de Jésus, la rémission des péchés, selon la richesse de sa grâce (Ephésiens1 :7).

Ce nouveau statut vous donne le pouvoir de chasser les démons et guérir les maladies au nom de Jésus. L'on ne guérit pas par le baptême d'eau, mais par la prière. Il y'a des personnes qui ont été guéries après le baptême d'eau, mais ce pourcentage est minime. Les maladies et les démons partent la plupart des cas par la prière des saints.

Vous êtes rachetés par le sang de Jésus, c'est à dire que vous n'appartenez plus à Satan quand vous recevez Jésus Christ. Satan et ses démons peuvent cependant vous oppresser ou attaquer un ou plusieurs domaines de votre vie. Il est de votre responsabilité de les chasser au nom de Jésus et de vivre dans la sanctification car votre corps est le temple du Saint Esprit.

> « Ne savez-vous pas que votre corps est le temple du Saint-Esprit qui est en vous, que vous avez reçu de Dieu, et que vous ne vous appartenez point à vous-mêmes »? (1 Corinthiens 6 :19).

QUELLES SONT LES CONSEQUENCES DE LA PRESENCE DE CET ESPRIT DANS VOTRE VIE

Les conséquences de la présence de ce esprit sont désastreuses dans la vie de ceux et celle qu'il attaque. Jésus nous dit que le voleur (c'est-à-dire Satan) ne vient que pour dérober, égorger et détruire; moi, je suis venu afin que les brebis aient la vie, et qu'elles soient dans l'abondance (Jean 10 :10). Ces esprits sont des voleurs parce qu'ils entrent pour dérober et détruire tout ce que Dieu a donné à ses enfants.

L'esprit de la sirène se substitue à l'époux (se), et est de nature très possessive. Cet esprit s'oppose à tout mariage de sa victime. Quand il ne réussit pas s'opposer au mariage, il combat le foyer jusqu'à sa destruction totale. En couchant avec sa victime, l'esprit de la sirène injecte dans l'âme des semences tel que la maladie, la stérilité, la colère, etc. Il agit sur le tempérament de sa victime pour susciter des colères incontrôlées et des disputes dans le couple. Il est aussi responsable des violences verbales et physiques dans le mariage. C'est pourquoi, les victimes de cet esprit sont de tempérament colérique parce que leurs âmes sont constamment souillées. Les victimes de cet esprit sont aussi très lunatiques. Ils changent d'humeur sans raison apparente parce qu'ils ne sont pas maîtres de leurs humeurs.

La sirène incite à la débauche et toutes formes d'immoralité sexuelle et l'adultère pour les mariés afin de les accuser devant le trône de Dieu et obtenir leur condamnation. Une fois la victime condamnée, il peut détruire le mariage. C'est pour cette raison que le discernement et le pardon sont très importants dans le mariage.

Cet esprit est responsable de certains cas de stérilité et de fausses couches chez certains/es hommes et femmes. C'est pour cette raison que si cet esprit vous souille, vous devez appliquer le sang de Jésus sur vous et demander au Seigneur de vous purifier de toutes souillures et de toutes semences démoniaques que cet esprit a injectées en vous par exemple : Colère, maladies ou tout point de contact qu'ils ont déposé en vous. Et enfin, demandez au Saint-Esprit de restaurer votre âme et votre corps au nom de Jésus.

Il sème le sommeil spirituel dans la vie de ceux/celles qu'ils attaquent. Ainsi, les victimes ont du mal à avoir une vie de prière stable. C'est pour cette raison qu'il faut prier pour détruire toutes semences injectées en vous par les rapports sexuels en rêve. En appliquant le sang de Jésus au quotidien sur vous au nom de Jésus.

Les victimes de cet esprit sont souvent très malades. Il est responsable de certains fibromes, certains cancers des seins, des ovaires, de l'utérus. Il est aussi responsable chez les hommes de certains cas d'impuissance sexuelle et toutes formes de maladies qui ont rapports avec le sexe. C'est un esprit extrêmement méchant. Il appauvrit aussi ses victimes. Les personnes attaquées par cet esprit ont du mal à s'épanouir financièrement. Ils sont pour la plupart des cas, très pauvres. Pour la simple raison qu'ils sont dépossédés de leurs biens.

Cet esprit est à la base de plusieurs divorces. Il fait souffrir ses victimes jusque celles-ci aient le dégoût du mariage et abandonnent. Il agit sur les sentiments de ses victimes en incitant le rejet des personnes qui les aiment sans raison, pour s'orienter souvent vers ceux/celles susceptibles de les faire souffrir. Il est très jaloux et possessifs. Il peut aller jusqu'à tuer ses victimes ou bien les personnes que ses victimes veulent épouser. Il envoie aussi des faux (ses) maris/femmes dans le seul but de faire souffrir leurs victimes pour que ceux/celles-ci aient le dégoût du mariage et surtout pour détruire leurs destinées.

Mais gloire soit rendue à Dieu pour le don de Jésus Christ. Votre délivrance est une certitude par le nom de Jésus Christ. Dieu vous aime et viendra à votre aide si vous vous tournez vers lui de tout votre cœur. Il déclare ceci : « Car je connais les projets que j'ai formés sur vous, dit l'Éternel, projets de paix et non de malheur, afin de vous donner un avenir et de l'espérance. Vous m'invoquerez, et vous partirez; vous me prierez, et je vous exaucerai. Vous me chercherez, et vous me trouverez, si vous me cherchez de tout votre cœur (Jérémie 29 :11-13). Le Seigneur a des projets de bonheur pour vous qui me lisez aujourd'hui. Sa grâce pour vous est encore valable pour vous délivrer des griffes de l'esprit de la sirène.

Le Seigneur vous délivrera si vous criez à lui à cause du travail fini de Jésus Christ à la croix de Golgotha il y'a plus de 2000 ans. C'est sur la base de l'alliance avec Jésus Christ par son sang précieux que vous allez prier pour réclamer votre héritage dans le Seigneur. L'alliance par Christ vous donne droit à la rédemption, la rémission des péchés, la vie éternelle, le Saint Esprit, la guérison, la délivrance et la prospérité (spirituelle, financière, sociale). Cette alliance vous donne le droit de vous approcher de Dieu avec assurance du trône de la grâce afin d'obtenir miséricorde et de trouver grâce, pour être secourus dans vos besoins (Héb 4 :16).

Mais avant de passer à l'étape de la prière au tribunal céleste, je voudrais vous inviter à recevoir Jésus et croire en son nom pour que vous soyez sauvés. Car je dois vous rappeler qu'il n'y a pas de plus grand miracle que de naître de nouveau, c'est-à-dire que vous devez naître d'eau et d'esprit pour entrer dans le royaume de Dieu. Et cela passe d'abord par le baptême d'eau. La bible dit : « Repentez-vous donc et convertissez-vous, pour que vos péchés soient effacés, afin que des temps de rafraîchissement viennent de la part du Seigneur, et qu'il envoie celui qui vous a été destiné, Jésus Christ »(Actes 3 :18-19). Cette repentance passe par le baptême d'eau. Le baptême d'eau est le pardon des péchés. Vos péchés sont pardonnés, emportés par le sang de Jésus. Votre passé n'est plus compté contre vous ; Il est cloué à la croix et vous recevez le don du Saint-Esprit.

Si vous n'avez pas encore engagé votre vie à la Seigneurie du Christ, sachez que c'est le premier miracle que Dieu veut accomplir dans votre vie avant tout autre miracle. C'est le plus grand ! Et cela mènera à une vie entière d'expériences avec lui. Sachez que les promesses qui sont dans la bible sont pour ceux et celles qui ont accepté de suivre Jésus Christ. Ceux et celles qui acceptent de consacrer toute leur vie à la Seigneurie de Jésus Christ.

Ceux-là ont droit à l'héritage d'Abraham. Comme il est écrit : « afin que la bénédiction d'Abraham eût pour les païens son accomplissement en Jésus Christ, et que nous reçussions par la foi l'Esprit qui avait été promis » (Galates 3 :14). Si vous croyez au Seigneur Jésus, si vous lui confessez vos péchés et avez la volonté de les abandonner, il vous pardonnera et changera votre vie.

Dieu a fait mourir son fils pour vous afin de se réconcilier avec vous. Il veut transformer votre vie, il veut vous guérir et vous délivrer pour toujours. Il frappe à la porte de votre cœur, ne lui résistez pas. Il va effacer vos péchés et vous donner un avenir meilleur, et votre famille à travers vous. Il est écrit : « Crois au Seigneur Jésus, et tu seras sauvé, toi et ta maison » (Actes 16 :31).

Si vous voulez donner votre vie à Jésus Christ maintenant, répétez cette prière ci-dessous à voix haute avec foi et Jésus entrera dans votre cœur et dans votre vie pour toujours.

> Seigneur Jésus, je te remercie de me donner l'opportunité de me réconcilier avec Dieu aujourd'hui. Je veux être ton enfant Seigneur, et te reçois dans mon cœur et dans vie.

> Je crois que tu es mort à la croix de Golgotha pour mes péchés. Et je crois aussi que Dieu t'a ressuscité d'entre les morts. Seigneur Jésus, je confesse aujourd'hui devant Dieu et les anges que tu es mon Seigneur et mon Sauveur.

> Je confesse mes péchés aujourd'hui, pardonne-moi et lave moi de toutes souillures par ton précieux sang.

> Je reçois ton pardon dans ma vie, et le don du Saint-Esprit. Je reçois un cœur, la sagesse et l'intelligence pour obéir à ta parole.

> Par ton sang Jésus, je déclare que je suis délivré(e) du pouvoir du péché, et de toutes malédictions causées par mes propres actes et celles liées à ma famille.

> Je te dis merci Seigneur, car mon nom est inscrit dans ton livre de vie et déclare hautement que je suis né (e) de nouveau, lavé (e) par le sang de Jésus Christ.

> Avec l'aide du Saint-Esprit, je marche par la foi,

et reçois l'héritage des enfants de Dieu. Je crois que tu seras toujours avec moi, et confesse hautement que je suis sauvé (e) au nom de Jésus. Amen.

Il est écrit que « c'est en croyant au cœur qu'on parvient à la justice, et c'est en confessant de la bouche qu'on parvient au salut, selon ce que dit l'Écriture :Quiconque croit en lui ne sera point confus » (Romains 10 :10-11).

Après avoir fait cette prière, croyez fermement que vous faites désormais partie de la famille de Dieu. Alléluia ! Trouvez une assemblée évangélique, faites-vous baptiser par immersion et persévérez dans la foi en Jésus Christ jusqu'au retour de notre messie.

Le mot évangélique n'est pas une dénomination ou une religion comme beaucoup le croit. Le mot évangélique veut dire ce qui est relatif ou conforme à l'évangile. Puisque vous êtes nés de nouveau, vous devez dorénavant marcher en nouveauté de vie. Vous devez vous attacher à la parole de Dieu et obéir à sa parole. Rejoignez donc une assemblée évangélique et entrez dans la famille du Seigneur. Le Saint Esprit vous guidera, il parlera à votre cœur. Maintenant que vous avez confessé Jésus Christ. Vous pouvez maintenant passer à la prochaine étape, qui est l'étape de la prière au tribunal céleste.

Chapitre Cinq

PREPARATION A LA PRIERE

LE JEUNE ET LA PRIERE

Je voudrais vous encourager à rajouter le jeûne dans vos prières. Comme il est écrit en Matthieu 17 :21 : « *Mais cette sorte de démon ne sort que par la prière et par le jeûne* ». L'esprit de la sirène doit être résistée par la foi dans le travail fini de Jésus a la croix, par son sang précieux et par la confession de la parole de Dieu. En plus de cela, cet esprit doit être résistée par une vie de prière persévérante et par le jeûne. Le jeûne augmente aussi la puissance de vos prières. En jeûnant, vous vous humiliez devant votre père céleste pour lui montrer combien vous êtes sérieux dans votre demande.

Jeûner veut dire, se priver de nourritures pour un lapse de temps. Il y'a différents types de jeûne dans la bible. Il y'a le jeûne d'Esther, ou vous vous abstenez pendant trois jours de nourriture et d'eau (Esther 4 :16). Il y'a le jeûne de Daniel qui est un jeûne de 21 jours (Daniel 9 :6 ; Daniel 10 :3). Notre Seigneur Jésus a jeûné quarante jours (Matthieu 4 :1-2). Les disciples de Jésus ont jeûné pour rechercher la volonté de Dieu (Actes 13 :1-2). Le jeûne doit faire partie du quotidien d'un enfant de

Dieu né de nouveau. En Matthieu 6 :16-18, notre Seigneur Jésus nous enseigne comment jeûner.

Définissez quel type de jeûne vous voulez faire, et faites le sérieusement. Si vous choisissez un jeûne normal, c'est à dire que vous vous abstenez toute la journée de nourriture et mangez à partir de 18h. Vous pouvez boire de l'eau ou du thé vert ou camomille si vous vous sentez vraiment épuisé(e). N'ajoutez pas de sucre dans votre thé.

Priez au minimum trois fois le jour, les nuits entre minuit et 5h du matin, les matins selon vos disponibilités et avant d'interrompre votre jeûne. Si vous travaillez, vous pouvez prier après 18h.

Lisez et méditez la parole de Dieu avant chaque prière. Vous devez impérativement vous séparer de toutes formes de distractions susceptibles de donner accès à Satan dans votre vie.

CONSACREZ-VOUS TOTALEMENT A VOS TEMPS DE JEUNES ET PRIERES POUR UNE VICTOIRE TOTALE.

« Voici le jeûne auquel je prends plaisir : Détache les chaînes de la méchanceté, Dénoue les liens de la servitude, Renvoie libres les opprimés, Et que l'on rompe toute espèce de joug » (Esaïe 58 :6).

VOICI QUELQUES EFFETS DU JEUNE ET LA PRIERE.

1. Vous Détacherez toutes les chaînes de la sorcellerie.

2. Vous dénouerez les liens de célibat, de pauvreté, de stérilité, de maladie et d'échecs.

3. Vous briserez Le joug de Satan sur vous et votre famille.

4. Et enfin, vous sortirez complètement libres au nom de Jésus.

« SOYEZ DISCIPLINES QUAND VOUS PRIEZ »

La prière est une clé très puissante que Jésus nous a donnée pour ouvrir et fermer des portes et aussi pour détruire les œuvres du diable. Comme il est écrit : *« la prière du juste à une grande efficacité »* *(Jacques 5 :16).*

Elle permet de transporter les choses invisibles dans le monde physique. Elle permet à notre Dieu d'agir dans nos vies sur terre. La prière nous permet aussi de tenir ferme face à la tentation d'abandonner quand vous êtes faibles. Elle vous permet d'éviter les pièges de Satan et de le vaincre au nom de Jésus.

« Veillez et priez, afin que vous ne tombiez pas dans la tentation ; l'esprit est bien disposé, mais la chair est faible » (Matthieu 26 :41).

Sachez que votre ennemi ne va pas fuir parce que vous avez décidé de prier une fois. Vous avez affaire à des entités très organisées et très puissantes qui veillent à ce que leurs victimes soient totalement détruites et le restent à vie. Ces autorités sont prêtes à tout pour réussir leur mission. C'est pourquoi, vous devez être sérieux et constants dans vos prières. Vous devez aussi organiser vos temps de prières. La bible nous dit que Daniel priait trois fois par jour pour chercher la face de son Dieu.

« Lorsque Daniel sut que le décret était écrit, il se retira dans sa maison, où les fenêtres de la chambre supérieure étaient ouvertes dans la direction de Jérusalem ; et trois fois le jour il se mettait à genoux, il priait, et il louait son Dieu, comme il le faisait auparavant » (Daniel 6 :10).

Jérusalem signifie la cité de la paix, c'est-à-dire que Daniel recherchait la paix du Seigneur pour faire face aux épreuves et vaincre ses détracteurs. David priait aussi trois fois par jour. Il est écrit :

« Le soir, le matin, et à midi, je soupire et je gémis, et il entendra ma voix » (Psaumes 55 :17).

Et enfin, notre Seigneur et Sauveur Jésus était un homme de prière. Il avait pour habitude de se lever très tôt pour prier.

> *« Vers le matin, pendant qu'il faisait encore très sombre, il se leva, et sortit pour aller dans un lieu désert, où il pria »* (Marc 1 :35).

Même si la bible ne le mentionne qu'une seule fois, nous savons que c'était un homme de prière. Il ne pouvait pas avoir le ministère qu'il a eu s'il n'était pas connecté à son père par une vie prière assidue. Il demeure notre modèle par excellence. Jésus a aussi prié trois fois dans le jardin de Gethsémané. Il est écrit :

> *« Il les quitta, et, s'éloignant, il pria pour la troisième fois, répétant les mêmes paroles »* (Matthieu 26 :44).

Cette constance dans la prière, lui a permis de remporter la victoire à la croix de Golgotha. La prière fervente requiert de la persévérance. Notre Seigneur nous a montré qu'il faut persévérer dans la prière sans se relâcher jusqu'à la victoire totale.

Sachez aussi que vous n'êtes pas seuls dans cette bataille contre les forces du mal. Les anges de Dieu sont présents et combattent pour vous. C'est pour cette raison, qu'il faut demander au Saint-Esprit de vous les envoyer. La bible déclare que « ce sont des esprits au service de Dieu, envoyés pour exercer un ministère en faveur de ceux qui doivent hériter du salut » (Hébreux 1 :14).

Je vous donne ci-dessous des prières avec des versets bibliques pour vous servir de référence afin de vous aider dans vos prières. Ce sont des prières que je fais lorsque la sorcellerie m'attaque. Servez-vous-en comme modèle de prière pendant votre temps de jeûne, avec une entière persévérance et n'oubliez pas de vous laisser aussi conduire par le Saint-Esprit afin qu'il vous révèle les choses cachées.

> « De même aussi l'Esprit nous aide dans notre faiblesse, car nous ne savons pas ce qu'il nous convient de demander dans nos prières. Mais l'Esprit lui-même intercède par des soupirs inexprimables ; et celui qui sonde les cœurs connaît quelle est la pensée de l'Esprit, parce que c'est selon Dieu qu'il intercède en faveur des saints » (Romains 8 :26-27).

Achetez aussi une bouteille d'huile d'olive pure sur laquelle vous prierez le dernier de votre jeûne afin de oindre votre maison. Vous lirez le livre d'Esaïe 10 :27.

> « En ce jour, son fardeau sera ôté de dessus ton épaule, Et son joug de dessus ton cou ; Et la graisse fera éclater le joug ».

VOUS PRIEREZ DE LA SORTE

➢ *Saint Esprit, au nom de Jésus, fais couler ton onction dans cette huile. Seigneur, que ton sang purifie et sanctifie celle huile dans le nom de Jésus.*

➢ *Chaque fois que j'appliquerai cette huile, que ta puissance ôte de dessus mon épaule et sur ma famille tout fardeau satanique, toute chaîne de la sorcellerie, et tout lien de célibat et de divorce au nom de Jésus.*

➢ *Que tout joug satanique soit ôté de ma vie au nom de Jésus. Et que ton onction fasse éclater le joug de célibat et de divorce de dessus ma vie au nom de Jésus.*

➢ *Seigneur, consacre-moi au mariage, fais luire ma face de ta gloire sur moi. Que ma vie resplendisse de ton doux parfum au nom de Jésus.*

➢ *Attire le mariage qui vient de toi (si vous êtes déjà mariés, dites restaure mon mariage, et fais couler ta joie et ta paix dans mon couple. Que l'amour augmente pour la gloire de ton nom) au nom de Jésus.*

➢ *Attire la bénédiction qui vient de toi a moi au nom de Jésus. Amen !*

Vous aurez une section de temps de renoncement et de consécration au Seigneur. Dans cette section, vous renoncerez hautement à tout lien qui vous rattache à ces esprits eaux. Vous renoncerez à tout ce que vous avez reçu lors des cérémonies d'idolâtrie. Vous renoncerez à tous les enfants que vous avez eu dans le monde des ténèbres.

Vous confirmerez votre consécration à Dieu. Vous

aurez avec une section de restitutions des biens dérobés. Et enfin, vous terminerez par la section de remerciement et des paroles du témoignage.

Débutez toujours vos temps de prière par des chants de louanges et d'adoration. Remerciez le Seigneur pour le don de Jésus Christ et pour l'opportunité qu'il vous donne de venir dans sa présence. Remerciez le pour tout ce qu'il a fait pour vous et votre famille. Elevez son nom, glorifiez-le puis entrez dans votre requête. Le dernier jour de vos temps de prières, vous oindrez votre maison, ainsi que vous-même avec l'huile d'olive pure, sur laquelle vous aurez prié depuis le premier jour de votre jeûne. Vous oindrez aussi, toute votre famille.

Il y'avait un frère pour qui je priais qui était très sceptique concernant l'utilisation de l'huile. Un soir, le Seigneur lui a ouvert les yeux pour qu'il voie la puissance qui découle, quand nous utilisons l'huile dans la prière avec foi. Il a vu dans un songe, une personne qui avait lancé un animal dans la pièce dans laquelle il se trouvait. C'était dans le but de le tuer. Lorsqu'il a aperçu l'animal, il a aussitôt appelé mon nom. Je suis arrivée avec une bouteille d'huile en main que j'ai mis dans toute la pièce.

Je lui ai demandé de cacher son fils dans la salle de bain car l'animal était aussi après lui. Puis j'ai mis l'huile devant la porte pour empêcher cette bête d'avoir accès à l'enfant. Chaque endroit où je mettais l'huile était protégé par le Seigneur.

C'est ainsi que l'animal n'a pas pu le toucher et nous avons plutôt réussi à le tuer. Il a par la suite aperçu sa défunte grand-mère qui était très en colère après lui. Elle lui a dit : « Nous t'interdisons d'aller à l'église ». En effet, ce frère avait été choisi dans sa famille pour perpétrer des rituels d'idolâtrie. Il était combattu par la sorcellerie parce qu'il n'avait pas continué les rituels et surtout parce qu'il avait accepté Jésus Christ. Ces esprits étaient en colère après lui et voulait lui ôter la vie. Mais gloire soit rendue à Dieu qui l'a délivré ainsi que son fils.

Ceci a retiré les doutes que ce frère avait concernant l'utilisation de l'huile quand nous prions. Certaines personnes aiment critiquer ce qu'elles ignorent. Ce n'est pas parce que l'on ignore une chose qu'elle n'est pas de Dieu. Malheureusement, l'huile est utilisée à tout moment de nos jours sans discernement. Ce qui banalise sa valeur. A son réveil, il m'a fait part de ce que le Seigneur lui avait montré dans son sommeil et l'avons remercié de ce qu'il l'avait protégé contre les attaques de la sorcellerie.

Faites-le avec foi pour voir l'efficacité au nom de Jésus. L'huile était utilisée dans la bible pour oindre les rois, guérir les malades, consacrer des objets mis à part pour l'autel de Dieu, etc. Vous pourrez lire 1 Samuel 10 :1-7 ; 1 Samuel 16 :13 ; Marc 6 :12-13 ; Jacques 5 :14-15.

Chapitre Six

DELIVRANCE DE L'ESPRIT DE LA SIRENE

L' alliance faite avec la sirène ne peut être brisée sans de graves conséquences. Elle est perpétrée de génération en génération. Mais la bonne nouvelle est que toute alliance faite avec Satan peut être brisée par une alliance supérieure. Et cette alliance supérieure est l'alliance par le sang de Jésus Christ de Nazareth.

L'alliance est un mariage. Il faut donc un juge pour proclamer le divorce. L'affaire doit être amenée devant le tribunal des familles pour procéder à une demande de divorce, une séparation permanente. Et puisque cette alliance est spirituelle, il vous faut un juge spirituel pour prononcer le divorce.

La bonne nouvelle est que ce juge est aussi votre père céleste. C'est vers lui que vous devez vous tourner pour qu'il prononce le jugement en votre faveur. Dans son livre Operating in the courts of heaven, le Pasteur Robert Henderson explique que la prière est judiciaire.

Il raconte l'histoire de cette veuve dans le livre de Luc 18:1-8. Il est écrit comme suit: « Jésus leur adressa une parabole, pour montrer qu'il faut toujours prier, et ne point se relâcher. Il dit: Il y avait dans une ville un juge qui ne craignait point Dieu et qui n'avait d'égard pour personne. Il y avait aussi dans cette ville une veuve qui venait lui dire: Fais-moi justice de ma partie adverse. Pendant longtemps il refusa. Mais ensuite il dit en lui-même: Quoique je ne craigne point Dieu et que je n'aie d'égard pour personne, néanmoins, parce que cette veuve m'importune, je lui ferai justice, afin qu'elle ne vienne pas sans cesse me rompre la tête. Le Seigneur ajouta: Entendez ce que dit le juge inique. Et Dieu ne fera-t-il pas justice à ses élus, qui crient à lui jour et nuit, et tardera-t-il à leur égard? Je vous le dis, il leur fera promptement justice. Mais, quand le Fils de l'homme viendra, trouvera-t-il la foi sur la terre» ?

Dans cette histoire, nous lisons que cette veuve ne s'est pas adressée directement à son adversaire mais plutôt au juge. Elle a demandé au juge de lui donner gain de cause de sa partie adverse. Elle savait que si le juge lui donnait gain de cause, la partie adverse se verrait obligée de respecter sa décision. Robert Henderson déclare que cette méthode de prière est très efficace et reçoit une réponse immédiate.

Il est écrit au versets 6-8 : « Le Seigneur ajouta: Entendez ce que dit le juge inique. Et Dieu ne fera-t-il pas justice à ses élus, qui crient à lui jour et nuit, et tardera-t-il à leur égard? Je vous le dis, il leur fera promptement justice. Mais, quand le Fils de l'homme viendra, trouvera-t-il la foi sur la terre »? Promptement veut dire en peu de temps. Dieu ne tardera pas à rendre justice en votre faveur. C'est seulement lorsque vous avez reçu gain de cause auprès du juge, que vous pouvez vous tourner vers votre adversaire.

J'ai prié il y'a quelques années pour une femme qui se plaignait de sa vie sentimentale. Elle ne comprenait pas ce qui se passait car elle trouvait que tous les domaines de sa vie étaient bloqués. Nous nous sommes rencontrées pour prier en implorant la grâce de Dieu sur sa vie. Au moment de la prière, un esprit s'est mis à parler au travers d'elle : « C'est ma femme, on me l'a donnée ». Je lui ai répondu qu'elle appartenait à Jésus Christ plutôt. J'ai dit à cet esprit poussée par le Saint Esprit: « Je t'envoie au tribunal céleste ».

L'esprit s'est écrié : « Non, pas là-bas ». J'ai aussitôt demandé au Seigneur de le juger au nom de Jésus. J'ai fait appel à Jésus l'avocat et le sang de l'alliance de parler. Lorsqu'il a entendu toutes ces paroles, il s'est écrié : « Je pars, je retire la bague que je lui ai porté et je pars ». C'est ainsi qu'il a poussé un immense cri et a libéré la sœur. Je venais d'expérimenter la prière au tribunal céleste. Je venais de découvrir une autre dimension de la prière. C'était extraordinaire !

J'ai voyagé récemment au Portugal pour une conférence avec les femmes. J'avais complètement oublié cette sœur. Le pasteur qui m'a reçu, m'a rappelé la sœur et m'a raconté qu'elle s'était mariée. J'étais très heureuse pour cette sœur et ai béni le nom du Seigneur. Je suis moi-même allée au tribunal céleste pour plaider mon cas dans un domaine de ma vie ou je sentais une véritable résistance de l'ennemi. Satan m'humiliait dans ce domaine et cela avec un impact négatif sur l'œuvre que le Seigneur m'avait confiée. Et contre toute attente, j'ai vu la main de Dieu intervenir dans ma vie de façon extraordinaire. Le Seigneur m'a donné une révélation personnelle sur la cour céleste. Dieu est un juste juge pour nous. Il juge toujours en notre faveur à cause du travail fini de Jésus Christ à la croix de Golgotha.

J'ai aussi prié pour une sœur il y'a deux ans qui avait du mal à se marier. Elle sentait une forte opposition à ce niveau. Elle savait que sa situation était démoniaque. Elle m'a raconté que lorsqu'elle plus jeune, elle avait été amenée au bord de l'eau pour des rituels avec l'esprit de l'eau. Elle a pris un bain et des rituels ont été faits. Des incisions avaient été aussi faits sur son corps pour la consacrer à l'esprit de l'eau. Elle appartenait officiellement à cet esprit. Les parents ont fait ces rituels parce que c'était leur coutume et surtout parce qu'ils ne connaissaient pas le véritable Dieu.

Même s'ils étaient ignorants des effets néfastes de ces choses contre eux, ils avaient donné accès à Satan dans leur vie et celle de leurs descendants. Et Satan aiment les personnes ignorantes. Il en profite pour s'installer dans leur vie et les détruire. Mais gloire soit rendue à Dieu pour le don de Jésus Christ. En lui Christ Jésus, nous avons la rédemption et le pardon des péchés. Gloire à Jésus !

Le Seigneur m'a fait la grâce de la connaitre afin de prier pour elle. Elle m'a raconté comment l'ennemi combattait sa vie sentimentale et réussissait à détruire les relations qu'elle commençait. Chaque fois qu'un homme lui demandait en mariage, eh bien des choses étranges leur arrivaient. Certains de ces hommes faisaient des accidents ou d'autres situations étranges leur arrivaient. Ces hommes faisaient toujours le lien avec elle et l'abandonnaient.

C'était une vraie souffrance pour cette sœur. Après quelques mois de prière, le Seigneur l'a visité et elle a fait la rencontre d'un homme qui lui a demandé en mariage. C'était une grande joie pour elle. Un soir, elle s'était rendue compte que sa bague de fiançailles avait disparu. Elle la portait tout le temps, et ne la retirait jamais. Elle m'a téléphoné pour m'expliquer ce qui s'était passé. Nous sommes allées ensemble au tribunal céleste. Cette sœur s'est endormie pendant que nous prions pendant quelques minutes. Apres la prière, elle m'a expliqué qu'elle avait vu le Seigneur. Elle a vu le Seigneur me remettre un bâton pour libérer les alliances de nombreuses femmes que l'ennemi avait dérobé.

Il y'avait un mur et le Seigneur m'a demandé de frapper le mur avec le bâton qu'il m'avait remis. Derrière ce mur se cachaient les alliances de plusieurs femmes qui avaient été dérobées par Satan. Pendant que je frappais, le mur s'est écroulé et toutes les bagues y compris celle de la sœur ont été libérées. J'ai donné la bague de la sœur et suis allée dans la ville pour chercher les propriétaires de ces autres bagues afin de les rendre. La vision a pris fin et la sœur est revenue à elle. Elle était sous le choc par ce qu'elle avait vu. Nous avons remercié le Seigneur pour sa délivrance. Le même jour, la bague de fiançailles qui avait disparu avait réapparu par miracle. La sœur a rencontré de nombreuses oppositions pour son mariage, mais le Seigneur a eu le dernier mot. Elle s'est mariée par la grâce de Dieu. Alléluia !

Le Seigneur est vivant ! A la croix, Jésus a vaincu Satan. C'est une réalité et une vérité. Il faut donc vous approcher du tribunal avec assurance car vous vous tenez du côté de la grâce à cause de ce que Jésus Christ a fait à la croix de Golgatha.

afin de réclamer la justice de Dieu en votre faveur.Ceci m'a fait comprendre l'histoire des deux prostituées en 1 Rois 3 :16-28:
« Alors deux femmes prostituées vinrent chez le roi, et se présentèrent devant lui. L'une des femmes dit: Pardon! Mon seigneur, moi et cette femme nous demeurions dans la même maison, et je suis accouché près d'elle dans la maison. Trois jours après, cette femme est aussi accouchée. Nous habitions ensemble, aucun étranger n'était avec nous dans la maison, il n'y avait que nous deux. Le fils de cette femme est mort pendant la nuit, parce qu'elle s'était couchée sur lui. Elle s'est levée au

milieu de la nuit, elle a pris mon fils à mes côtés tandis que ta servante dormait, et elle l'a couché dans son sein; et son fils qui était mort, elle l'a couché dans mon sein. Le matin, je me suis levée pour allaiter mon fils; et voici, il était mort. Je l'ai regardé attentivement le matin; et voici, ce n'était pas mon fils que j'avais enfanté. L'autre femme dit: Au contraire! C'est mon fils qui est vivant, et c'est ton fils qui est mort. Mais la première répliqua: Nullement! C'est ton fils qui est mort, et c'est mon fils qui est vivant. C'est ainsi qu'elles parlèrent devant le roi. Le roi dit: L'une dit: C'est mon fils qui est vivant, et c'est ton fils qui est mort; et l'autre dit: Nullement! C'est ton fils qui est mort, et c'est mon fils qui est vivant. Puis il ajouta: Apportez-moi une épée. On apporta une épée devant le roi. Et le roi dit: Coupez en deux l'enfant qui vit, et donnez-en la moitié à l'une et la moitié à l'autre. Alors la femme dont le fils était vivant sentit ses entrailles s'émouvoir pour son fils, et elle dit au roi: Ah! Mon seigneur, donnez-lui l'enfant qui vit, et ne le faites point mourir. Mais l'autre dit: Il ne sera ni à moi ni à toi; coupez-le! Et le roi, prenant la parole, dit: Donnez à la première l'enfant qui vit, et ne le faites point mourir. C'est elle qui est sa mère. Tout Israël apprit le jugement que le roi avait prononcé. Et l'on craignit le roi, car on vit que la sagesse de Dieu était en lui pour le diriger dans ses jugements ».

Dans cette histoire, nous voyons les deux prostituées plaider leur cause auprès du roi Salomon qui était à l'image de notre Seigneur. Bien que l'une des prostituées était la mère de l'enfant, elle ne pouvait pas le récupérer parce qu'il était dans les bras de l'autre prostituée. Seul le verdict du roi pouvait lui donner le droit de le récupérer.

C'est la même chose pour nous dans certaines circonstances. Vous devez aussi plaider votre cas devant le juge afin d'entrer en possession de votre héritage que l'ennemi a dérobé pendant le sommeil spirituel, l'ignorance ou le péché. Il vous faut approcher du tribunal céleste pour demander la justice de Dieu en votre faveur. Cette justice s'obtient au travers de l'alliance par le sang de Jésus Christ. Vous n'êtes pas seuls à cette cour, il y'a d'autres représentants. En Daniel 7 :9 -10, le prophète nous dit ceci : « Je regardai, pendant que l'on plaçait des trônes. Et l'ancien des jours s'assit. Son vêtement était blanc comme la neige, et les cheveux de sa tête étaient comme de la laine pure; son trône était comme des flammes de feu, et les roues comme un feu ardent. Un fleuve de feu coulait et sortait de devant lui. Mille milliers le servaient, et dix mille millions se tenaient en sa présence. Les juges s'assirent, et les livres furent ouverts »

Paul nous donne plus de détails sur les entités présentes à ce tribunal en Hébreux 12 :22-24, il déclare ceci : «Mais vous vous êtes approchés de la montagne de Sion, de la cité du Dieu vivant, la Jérusalem céleste, des myriades qui forment le chœur des anges, de l'assemblé des premiers-nés inscrits dans les cieux, du juge qui est le Dieu de tous, des esprits des justes parvenus à la perfection, de Jésus qui est le médiateur de la nouvelle alliance, et du sang de l'aspersion qui parle mieux que celui d'Abel ».

La montagne de Sion est l'image du gouvernement céleste de Dieu. Ce gouvernement se trouve dans la Jérusalem céleste. C'est de Sion que Dieu prend toutes les décisions, là où il juge. David a dit : « Je lève mes yeux vers les montagnes. D'où me viendra le secours? Le secours me vient de l'Éternel, Qui a fait les cieux et la terre » (Psaumes 121 :1-2).

Dance ce passage, le roi David faisait allusion aux montagnes spirituelles, le gouvernement céleste. Il parlait de la montagne de Sion dont Paul parlait en Hébreux 12 :22-24 et les trônes dont a parlé le prophète Daniel. Sion signifie un lieu élevé. Sion est la colline sur laquelle la plus ancienne partie de Jérusalem fut construite. Elle est souvent utilisée pour désigner toute la ville de Jérusalem parce que Jérusalem est la demeure de Dieu.

Les anges de Dieu sont présents dans ce gouvernement. Notre Dieu qui est aussi notre père et le juge est présent. Les esprits des justes parvenus à la perfection sont ceux et celles qui ont servi Dieu et qui l'ont rejoint. Ce sont les juges dont parle le prophète Daniel. Notre avocat Jésus Christ s'y trouve aussi. Il est le médiateur de la nouvelle alliance. Et enfin, le sang de l'aspersion, qui est le sang de notre témoignage et le sang de notre justification.

Vous devez plaider votre cas en toute sincérité et avec assurance car votre juge est aussi votre père céleste. Faites appel à votre avocat Jésus Christ et réclamer son sang qui est le sang de votre justification. Le sang de Jésus parlera en faveur au trône de la grâce et parlera contre votre adversaire.

Votre position est auprès de votre avocat Jésus Christ. Comme il est écrit : « Il nous a ressuscités ensemble, et nous a fait asseoir ensemble dans les lieux célestes, en Jésus Christ, afin de montrer dans les siècles à venir l'infinie richesse de sa grâce par sa bonté envers nous en Jésus Christ » (Ephésiens 2 :6-7).

Apres avoir plaidé votre cas, vous devez confesser les péchés qui ont donné accès a ces esprits dans votre vie. La bible nous enseigne que comme l'oiseau s'échappe, comme l'hirondelle s'envole, ainsi une malédiction sans cause est sans effet (Proverbes 26 :2). S'il y'a malédiction, c'est parce qu'il y'a une ou plusieurs causes. L'une des cause est le péché personnel ou dans la lignée. Vous devez confesser les péchés qui ont donné accès à ces esprits dans votre vie. Vous Vous devez le faire honnêtement sans rien cacher car Dieu sait tout. La confession des péchés est très importante quand nous prions. Beaucoup de chrétiens pensent qu'il ne faut plus confesser leurs péchés. Ils considèrent qu'ils ont déjà été pardonnés à leur conversion.

Je suis en partie d'accord avec eux. Cependant durant notre marche, il nous arrive malheureusement de fauter. Il nous arrive de nous mettre en colère contre quelqu'un et de prononcer des paroles que nous regrettons par la suite. Il nous arrive de murmurer, ou même malheureusement de commettre pour certains, des actions graves. C'est pour toutes ces raisons qu'il faut vous confesser, non pas comme des païens, mais comme des enfants de Dieu qui avez malheureusement heurté votre père céleste ou vos frères/sœurs par vos actions et paroles.

La confession des péchés attirera la faveur de Dieu dans votre vie et permettra au sang de Jésus de repousser les accusations de Satan contre vous. Dans le livre de Joël, le Seigneur lui-même annonce un jeûne solennel pour son peuple et promet sa bénédiction et sa restauration en retour. Dans ce livre, tout le monde est appelé à jeûner du plus âgé au nourrisson. Même les animaux sont appelés à jeûner.

La repentance permet au Saint –Esprit d'agir dans votre vie. Lorsque vous donnez votre vie à Dieu, votre esprit est sauvé, votre âme qui vit dans votre corps charnel peut être souillée par la colère, murmures, critiques, etc. Elle a besoin d'être purifiée au quotidien par le sang de Jésus. Et cela se fait par la confession des péchés. N'hésitez pas à confesser vos péchés chaque fois que vous priez. Il est écrit que celui qui cache ses transgressions ne prospère point, mais celui qui les avoue et les délaisse obtient miséricorde (Proverbes 28 :13). Avouez tous vos péchés et abandonnez les. Si vous êtes sincères, croyez que le Seigneur vous les pardonnera dans sa miséricorde.

Confessez tous les péchés d'idolâtrie, des pactes avec Satan que vous avez tissé consciemment ou inconsciemment. Confessez tous les péchés sexuels (sexe hors mariage, adultère, masturbation, inceste, homosexualité, bestialité, échangisme etc.) en citant même les noms des hommes/femmes avec qui vous avez commis ces péchés si vous en souvenez. Demandez au Saint-Esprit de monter en surface tous les péchés qui ont donné accès à ces esprits dans votre vie. N'ayez pas peur si vous ne vous souvenez pas le Saint Esprit vous vous aidera. Demandez au Seigneur de purifier votre âme de toute souillure par son sang précieux au nom de Jésus.

Débarrassez-vous de tous présents que vous avez reçu de ces hommes/femmes avec qui vous avez vécus dans le péché sexuel. Si vous avez assisté à des cérémonies d'idolâtries de famille, les rituels de famille ou même seuls, débarrassez-vous des objets qui ont été utilisés pour les sacrifices. Débarrassez-vous des objets de protection que vous avez reçus lors des cérémonies ou par des marabouts, guérisseurs, etc. Avant de vous repentir pour vos propres péchés, assurez-vous que vous avez aussi pardonné ceux qui vous ont offensé car si vous priez en ayant des choses dans le cœur contre une personne, Votre ennemi l'utilisera contre vous devant le trône de Dieu et ceci freinera l'exaucement.

« Et, lorsque vous êtes debout faisant votre prière, si vous avez quelque chose contre quelqu'un, pardonnez, afin que votre Père qui

*est dans les cieux vous pardonne aussi vos
offenses. Mais si vous ne pardonnez pas, votre
Père qui est dans les cieux ne vous pardonnera
pas non plus vos offenses ».*

Demandez au Seigneur de sonder votre cœur et de vous révéler ce qui pourrait s'opposer à votre exaucement. Et quand il vous le révèle, obéissez afin de permettre à Dieu d'agir en votre faveur. Vous devez aussi vous repentir pour les iniquités et les péchés de votre famille. Le livre de Daniel, nous montre l'importance de la prière d'une seule personne pour son peuple. Le prophète Daniel a prié en se repentant pour les fautes de tout le peuple juif. Il a confessé leurs fautes en disant : « Je priai l'Éternel, mon Dieu, et je lui fis cette confession: Seigneur, Dieu grand et redoutable, toi qui gardes ton alliance et qui fais miséricorde à ceux qui t'aiment et qui observent tes commandements! Nous avons péché, nous avons commis l'iniquité, nous avons été méchants et rebelles, nous nous sommes détournés de tes commandements et de tes ordonnances. Nous n'avons pas écouté tes serviteurs, les prophètes, qui ont parlé en ton nom à nos rois, à nos chefs, à nos pères, et à tout le peuple du pays. A toi, Seigneur, est la justice, et à nous la confusion de face, en ce jour, aux hommes de Juda, aux habitants de Jérusalem, et à tout Israël, à ceux qui sont près et à ceux qui sont loin, dans tous les pays où tu les as chassés à cause des infidélités dont ils se sont rendus coupables envers toi. Seigneur, à nous la confusion de face, à nos rois, à nos chefs, et à nos pères, parce que nous avons péché contre toi. Auprès du Seigneur, notre Dieu, la miséricorde et le pardon, car nous avons été rebelles envers lui. Nous n'avons pas écouté la voix de l'Éternel, notre Dieu, pour suivre ses lois qu'il avait mises devant nous par ses serviteurs, les prophètes. Tout Israël a transgressé ta loi, et s'est détourné pour ne pas écouter ta voix. Alors se sont répandues sur nous les malédictions et les imprécations qui sont écrites dans la loi de Moïse, serviteur de Dieu, parce que nous avons péché contre Dieu. Il a accompli les paroles qu'il avait prononcées contre nous et contre nos chefs qui nous ont gouvernés, il a fait venir sur nous une grande calamité, et il n'en est jamais arrivé sous le ciel entier une semblable à celle qui est arrivée à Jérusalem. Comme cela est écrit dans la loi de Moïse, toute cette calamité est venue sur nous; et nous n'avons pas imploré l'Éternel, notre Dieu, nous ne nous sommes pas détournés de nos iniquités, nous n'avons pas été attentifs à ta vérité. L'Éternel a veillé sur cette calamité, et l'a fait venir sur nous; car l'Éternel, notre Dieu, est juste dans toutes les choses qu'il a faites, mais nous n'avons pas écouté sa voix. Et maintenant, Seigneur, notre Dieu, toi qui as fait sortir ton peuple du pays d'Égypte par ta main puissante, et qui t'es fait un nom comme il l'est aujourd'hui, nous avons péché, nous avons commis l'iniquité. Seigneur, selon ta grande miséricorde, que ta colère et ta fureur se détournent de ta ville de Jérusalem, de ta montagne sainte; car, à cause de nos péchés et des iniquités de nos pères, Jérusalem et ton peuple sont en opprobre à tous ceux qui nous entourent. Maintenant donc, ô notre Dieu, écoute la prière et les supplications de ton serviteur, et, pour l'amour du Seigneur, fais briller ta face sur ton sanctuaire dévasté! Mon Dieu, prête l'oreille et écoute! ouvre les yeux et regarde nos ruines, regarde la ville sur laquelle ton nom est invoqué! Car ce n'est pas à cause de notre justice que nous te présentons nos supplications, c'est à cause de tes grandes compassions. Seigneur, écoute! Seigneur, pardonne! Seigneur, sois attentif! agis et ne tarde pas, par amour pour toi, ô mon Dieu! Car ton nom est invoqué sur ta ville et sur ton peuple. Je parlais encore, je priais, je confessais mon péché et le péché de mon peuple d'Israël, et je présentais mes supplications à l'Éternel, mon Dieu, en faveur de la sainte montagne de mon Dieu; je parlais encore dans ma prière, quand l'homme, Gabriel, que j'avais vu précédemment dans une vision, s'approcha de moi d'un vol rapide, au moment de l'offrande du soir » (Daniel 9 :4-21).

Les péchés et les iniquités de vos parents ne vous rendent pas coupables, mais peuvent donner un droit légal à un mauvais esprit dans votre vie. C'est pour cette raison que vous devez vous repentir pour leurs iniquités.

> « Ceux qui étaient de la race d'Israël, s'étant séparés de tous les étrangers, se présentèrent et confessèrent leurs péchés et les iniquités de leurs pères » (Néhémie 9 :2).

> « Eternel, nous reconnaissons notre méchanceté, l'iniquité de nos pères, car nous avons péché contre toi » (Jérémie 14 :20).

Il est écrit que si nous confessons nos péchés, il est fidèle et juste pour nous les pardonner, et pour nous purifier de toute iniquité (1 Jean 1 :9). Dieu est fidèle dans ses promesses envers nous. Si ce péché est récurrent, il faut le soumettre au Saint Esprit en lui demandant de briser le joug de ce péché au nom de Jésus Christ. Vous devez aussi prendre une décision ferme de l'abandonner en demandant au Saint Esprit de vous aider. Demandez-lui de vous faire haïr ce péché. Car Satan sait que s'il vous maintient dans le péché, il aura un droit légal pour vous maintenir dans sa prison. Alors il se bat pour vous maintenir dans l'esclavage du péché.

> « Ne savez-vous pas qu'en vous livrant à quelqu'un comme esclaves pour lui obéir, vous êtes esclaves de celui à qui vous obéissez, soit du péché qui conduit à la mort, soit de l'obéissance qui conduit à la justice » (Romains 6 :16).

Le péché est un obstacle à la délivrance. Dieu aime les pécheurs, mais hait le péché. Il est notre père mais est aussi un juste juge. Il ne peut pas bénir un enfant qui vit délibérément dans le péché. Lorsque Satan réclame ce dernier, Dieu est obligé de le livrer à cause de sa justice et sa parole. Mais il y'a une bonne nouvelle ! Vous n'avez plus à vivre dans le péché. A la croix, Christ vous a affranchis de l'esclavage du péché.

> « Celui qui n'a point connu le péché, il l'a fait devenir péché pour nous, afin que nous devenions en lui justice de Dieu » (2 Corinthiens 5 :21).

Etant devenus la justice de Dieu, le péché n'a plus de

pouvoir sur vous. Chaque fois que vous ressentez les attaques du péché, déclarez à haute voix et avec foi : « Je suis mort (e) au péché au nom de Jésus. Retire-toi de moi Satan au nom de Jésus. Christ a cloué le péché à la croix et m'a libéré. Je ne suis plus esclave du péché ».

En priant, prenez vos responsabilités vis-à-vis des actes que vous avez posés. N'accusez pas les démons ou votre famille. Parlez à Dieu en lui disant : « Seigneur j'ai péché, j'ai mal agi, j'ai fait ceci (citer le péché), je reconnais mes fautes, je me repens aujourd'hui et reçois ton pardon et la purification de mon âme par le sang de Jésus au nom de Jésus »

« PRIERE AU TRIBUNAL CELESTE »

Père, au nom de Jésus Christ je te rend grâce pour ton amour dans ma vie et pour le don de Jésus Christ. Je m'approche de ton tribunal céleste en tant que mon juge pour que tu juges et me délivre de l'esprit de la sirène et tous les esprits qui s'opposent à ta volonté dans ma vie sentimentale. Afin de recevoir ce que tu as dans ton livre me concernant Psaumes 139 :16).

Papa, je viens plaider mon cas et celle de ma famille pour être libéré (e) du pouvoir de la sirène et tous les tous les esprits des eaux qui s'opposent à tes promesses dans ma vie et celle de ma famille et qui souillent ma couche comme un(e) époux(se) connait son époux(se).

J'appelle mon avocat et Seigneur Jésus Christ à cette plaidoirie afin de défendre ma cause.

Je fais appel au sang de Jésus Christ, qui est le sang de mon témoignage et de ma justification pour parler en ma faveur.

Père au nom de Jésus Christ, je convoque à ton tribunal cet esprit de la sirène et tous les esprits qui s'opposent à ce que tu as écrit dans ton livre me concernant. Que tous ces esprits qui s'opposent à ma liberté que Jésus a payé à la croix par son sang précieux, soient obligés de respecter ton jugement contre eux au nom de Jésus Christ.

Seigneur, je te demande de juger ces esprits et de prononcer le divorce d'avec ces esprits qui détruisent ma vie sentimentale, mes finances, ma santé et qui s'en prennent à ceux et celle que j'aime. (Si vous avez connaissance d'un ou plusieurs domaines de votre vie que ces esprits attaquent vous pouvez les citer).

Papa, toi le juste juge, prononce ton jugement en ma faveur et donne-moi gain de cause aujourd'hui au nom de Jésus Christ. Tu as dit que c'est toi qui qui efface mes transgressions pour l'amour de toi, Et tu ne te souviendras plus de mes péchés. Papa tu m'as dit de réveiller ta mémoire et de plaider avec toi. Tu as aussi dit de parler pour me justifier (Esaïe 43 :25-26)

C'est pour cette raison que je viens plaider mon cas à ce tribunal. Ta parole déclare que tu seras mon fiancé pour toujours; tu seras mon fiancé par la justice, la droiture, la grâce et la miséricorde (Osée 2 :19). Il est écrit que mon créateur est mon époux: L'Eternel des armées est ton nom; Et mon rédempteur est le Saint d'Israël: Il se nomme Dieu de toute la terre (Esaïe 54 :5). Ta parole déclare que j'ai été fiancé à un seul époux, pour être présentée à Christ comme une vierge pure (2 Corinthiens 11 :2).

Seigneur, ta parole déclare qu' à la résurrection, les hommes ne prendront point de femmes, ni les femmes de maris, mais ils seront comme les anges de Dieu dans le ciel (Matthieu 22 :30). Ce qui veut dire que les anges ne peuvent pas prendre de femmes/de maris. Ainsi donc, sur la base de ta parole père, je te demande de juger et condamner tout esprit impur en proclamant la séparation et le divorce total d'avec ces esprits qui sont allés contre ta parole et ont épousé toutes les femmes et tous les hommes de ma famille ainsi que moi-même.

Père, puisque ces démons ne sont pas nos semblables, ils n'ont pas le droit de contracter un mariage avec nous. Prononce ton jugement contre eux en annulant tout mariage qui a été contracté avec ces démons au nom de Jésus.

Que mon Seigneur, mon Rédempteur et mon avocat Jésus Christ plaide en ma faveur afin d'obtenir ma délivrance totale sur ces esprits qui s'opposent et attaquent mon mariage. Et que ton sang parle contre ces esprits au nom de Jésus Christ.

Repentez-vous de vos péchés personnels. Immoralité sexuelle, inceste, homosexualité, impudicité, pornographie, masturbation, adultère, idolâtrie (adoration des eaux, des statues et autres), occultisme etc.

(Pour les personnes mariées, repentez-vous pour les rapports sexuels avant le mariage car ceci donne un droit légal à cet esprit de vous maintenir et détruire votre mariage).

Dites, père, je reconnais que ces esprits sont entrés dans ma vie et celle de ma famille, parce que mes ancêtres et moi-même avons péché contre toi. Nous avons commis l'iniquité en adorant d'autres dieux que toi. Nous avons fait entrer Satan dans notre famille en mangeant à la table des démons par les aliments sacrifiés aux idoles.

Je confesse tous les péchés d'idolâtrie et toutes les iniquités que mes parents et moi-même avons commises contre toi. Seigneur, je me repens de tout péchés et iniquités qui vont jusqu'à la quatrième génération en arrière et même au-delà de la quatrième génération et qui ont des répercussions sur ma vie et mes descendants.

Seigneur, tu as dit que si je confesse mes péchés, tu es fidèle et juste pour me les pardonner, et pour me purifier de toute iniquité (1 Jean 1 :9).

Sur la base de ce que Jésus Christ a fait à la croix de Golgotha, je reçois ton pardon et la purification de toute iniquité au nom de Jésus Christ.

Père au nom de Jésus Christ, je reçois ton pardon sur tous les péchés d'idolâtrie, les sacrifices d'animaux donnés aux esprits dans les eaux. Les aliments et les objets donnés aux esprits dans les eaux.

Que le sang de Jésus parle en ma faveur et efface toute accusation et condamnation de Satan et de ses agents contre moi. Que le sang de Jésus rende silencieux et efface toutes iniquités dans mon sang et venant de ma lignée maternelle et paternelle au qui parlent contre moi. Que le sang de Jésus rende silencieux et efface tout ce qui est écrit contre moi dans le registre céleste au nom de Jésus Christ.

Que le sang de Jésus rende silencieux tous les autels des eaux qui me réclament et qui parlent contre moi et mes descendants au nom de Jésus. Que ces autels soient jugés par Dieu et condamnés au nom de Jésus Christ. Comme il écrit : « Celui qui n'a point connu le péché, il l'a fait devenir péché pour nous, afin que nous devenions en lui justice de Dieu » 2 Cor 5 :21. Et comme il est écrit qu'il n'y a donc maintenant aucune condamnation pour moi qui suis en Jésus Christ (Romains 8 :1).

Je déclare que parce que je suis la justice de Dieu par Jésus Christ, il n'y a donc plus de condamnation pour moi. Satan, la sirène et tous les esprits des eaux n'ont rien contre moi. Christ a effacé l'acte dont les ordonnances me condamnaient. Je confesse hautement que je libre de toute condamnation au nom de Jésus Christ.

Je reçois aujourd'hui papa ton juste jugement en ma faveur et déclare que je suis délivré (e) de tout mariage, de toute alliance avec Satan, la sirène et tous les esprits dans les eaux au nom de Jésus.

Que le sang de Jésus Christ efface maintenant mon nom dans tous les autels des eaux, dans les registres de mariages sataniques au nom de Jésus

CONFESSION DE LA PAROLE DE DIEU

Confesser maintenant la parole de Dieu pour attester qui vous êtes en Christ. Déclarez ceci par la foi : J'ai vaincu Satan à cause du sang de l'agneau et de la parole de mon témoignage (Apocalypse 12 :11).

Mais dans toutes ces choses Je suis plus que vainqueurs par celui qui m'a a aimés (Romains 8 :37)

Je suis de Dieu, Et j'ai les ai vaincus (1 Jean 4 :4)

Parce que celui qui est en moi est plus grand que celui qui est dans le monde (1Jean 4 :4)

Christ m'a racheté de la malédiction de la loi (Galates 3 :13). Je suis béni(e) et suis la bénédiction d'Abraham est mon héritage par Jésus Christ (Galates 3 :14). Le mariage stable est mon héritage. La fécondité est mon héritage

Je témoigne que par le sang de Jésus Christ, je suis béni (e) de toute sortes de bénédictions spirituelles dans les lieux célestes en Christ! Je suis prospère spirituellement, matériellement, financièrement au nom de Jésus.

Par le précieux de Jésus Christ, j'ai été délivré (e) de la puissance des ténèbres et ai été transporté(e) dans le royaume de Jésus Christ. En qui j'ai la rédemption, la rémission des péchés au nom de Jésus Christ (Col 1 :13-14). Ainsi donc, je n'appartiens plus à Satan, ni à la sirène ou tout autre esprit des eaux au nom de Jésus Christ.

Parce que j'ai obtenu la rédemption et la rémission de mes péchés et parce que Jésus est devenu péché pour que je sois la justice de Dieu, il n'y a plus donc plus de condamnation pour moi (Rom 8 :1).

Je suis libre de tout engagement satanique au nom de Jésus Christ. Et parce que Christ m'a racheté(e), aucune alliance de famille ne peut me réclamer. C'est le sang de Jésus qui coule en moi dorénavant.

Je suis enfant de Dieu. Le sang de ma famille ne peut plus me réclamer. Christ a effacé l'acte dont les ordonnances me condamnaient. Je suis libre de me marier et vivre un mariage heureux au nom de Jésus Christ.

Par le sang de Jésus Christ, j'ai été racheté (e) de la malédiction de la loi, étant devenu malédiction pour moi et mes descendants. Car il est écrit: Maudit est quiconque est pendu au bois, - afin que la bénédiction d'Abraham eût pour moi son accomplissement en Jésus Christ, et que je reçoive par la foi l'Esprit qui avait été promis (Gal 3 :13-14).

Par le sang de Jésus Christ, j'ai vaincu l'esprit de la sirène Je confesse que le sang de Jésus a effacé l'acte dont les ordonnances me condamnaient.

Il n'y a plus de condamnation pour moi à cause du sang de Jésus. Je suis libre de me marier avec l'homme / la femme que le Seigneur a réservé pour moi sur cette terre dans le nom de Jésus.

Il faut renoncer à toute alliance satanique.

Par le sang de Jésus, je renonce à toute alliance satanique faite en mon nom et mes descendants au nom de Jésus Christ..

Par le sang de Jésus Christ, Je renonce à toute alliance satanique qui va jusqu'à la quatrième génération et même au-delà qui parle contre moi et mes descendants devant le trône de Dieu.

Par le sang de Jésus, je renonce à tous vœux de mariage conclus en mon nom par mes ancêtres, mes parents immédiats ou par conclus par moi-même maintenant ou avant ma naissance au nom de Jésus.

Par le sang de Jésus, je renonce et romps tous les vœux et toutes les alliances conclus avec Satan, l'esprit de la sirène et tout esprit impur au nom de Jésus.

Que les anges de Dieu retirent tous les documents d'engagement, visibles ou invisibles présentés le jour de la cérémonie de l'alliance avec Satan, l'esprit de la sirène et tout autre esprit impur au nom de Jésus Christ.

Par le sang de Jésus, je renonce, me sépare et brise toute alliance démoniaque à la suite de rapports sexuelles, de nourriture ou de cérémonies dans mes rêves avec cet esprit impur au nom de Jésus.

Par le pouvoir du sang de Jésus et par le nom de Jésus, je retire mon ADN, mon sang, mon destin et toute autre partie de mon corps, ainsi que ceux de mes descendants déposés sur l'autel des eaux au nom de Jésus.

Par le sang de Jésus Christ, je renonce à toutes les propriétés démoniaques en ma possession dans le monde des esprits, y compris les symboles, et tout ce qui a été présenté sur l'autel satanique au nom de Jésus Christ.

Par le sang de Jésus Christ, je suis entièrement *vous sanctifié(e), tout mon être, l'esprit, l'âme et le corps, est conservé irrépréhensible, lors de l'avènement de notre Seigneur Jésus Christ! Celui qui m'a appelés est fidèle, et c'est lui qui le fera (1Thess 5 :23). Que le sang de Jésus purge mon système de tout sexe illicite et de tous les dépôts démoniaques dans mon esprit, mon âme et mon corps au nom de Jésus Christ.*

Je me trempe dans le sang de Jésus et ordonne que toute marque satanique attachée à mon nom et mes descendants soit effacée au nom de Jésus Christ.

Par le sang de Jésus, je détruis tous les pouvoirs démoniaques affectés à la déstabilisation de mon mariage terrestre et à la capacité de porter des enfants au nom de Jésus Christ.

Par le sang de Jésus, j'abandonne et renie tous les enfants spirituels attachés à mon nom d'avec Satan, la sirène et tous les esprits des eaux au nom de Jésus.

Par le sang de Jésus, je déclare que je suis délivré (e) de Satan, la sirène, tous les esprits des eaux et de tout agent de sorcellerie qui me souillent quand je dors au nom de Jésus Christ.

Par le sang de Jésus Christ, je *porte toujours avec moi dans mon corps la mort de Jésus, afin que la vie de Jésus soit aussi manifestée dans mon corps (2 Corinthiens 4 :10).*

DESTRUCTION DES AUTELS SATANIQUES

Que le feu du Saint consume tout autel satanique qui parle contre moi au nom de Jésus Christ.

Que le feu du Saint Esprit consume tous les enfants démoniaques que j'ai eu dans le royaume des eaux au nom de Jésus.

Que le feu du Saint Esprit brise et consume toute statue, image faite en mon nom et mes enfants pour adorer la sirène au nom de Jésus Christ (citer le nom de vos enfants si vous en avez).

Que le Saint Esprit brise la tête du serpent et du dragon déposés par Satan pour me faire du mal au nom de Jésus Christ.

Que le Saint Esprit répare, toute les parties de mon corps et mon mariage terrestre au nom de Jésus.

Que le Saint-Esprit fouille mon corps, expose et détruit toute marque démoniaque déposée dans mon âme et dans ma chair au nom de Jésus.

Que le feu du Saint Esprit brûle chaque image, objet ou symbole déposé dans ma vie par Satan, ses démons ou tout agent de sorcellerie au nom de Jésus.

Que le feu du Saint Esprit brule toute semence que Satan a déposé en moi au nom de Jésus.

Que le feu de Dieu détruise toutes tes semences dans mes entrailles, mon mariage, dans la vie de mes enfants et futur enfant au nom de Jésus.

Que le feu du Saint Esprit brûle les vêtements, les anneaux, les photographies, les aliments, le certificat de mariage et tous les autres matériaux utilisés pour l'alliance au nom de Jésus Christ.

Je garde tout ce que Dieu m'a donné jusqu'à ce que Jésus Christ revienne au nom de Jésus Christ (Apo 2 :25).

Merci papa pour la restauration de mon mariage, de mon enfantement, de ma santé et mes finances au nom de Jésus. *Je déclare que je suis béni (e) au nom de Jésus Christ.*

Terminer votre prière en adorant et remerciant Dieu pour sa délivrance au nom de Jésus.

LOUER DIEU POUR SA DÉLIVRANCE

Il est écrit que nous avons auprès de lui (notre père céleste) cette assurance, que si nous demandons quelque chose selon sa volonté, il nous écoute. Et si nous savons qu'il nous écoute, quelque chose que nous demandions, nous savons que nous possédons la chose que nous lui avons demandé (1 Jean 5 :14-15).

Nous savons par cette parole que Dieu nous écoute et nous exauce lorsque nous prions dans sa volonté. Nous savons aussi que la volonté de Dieu pour ses enfants, est de les voir délivrés de Satan. Sa volonté est de nous voir dans un mariage heureux pour ceux et celles qui désirent se marier. Il est écrit comme suit :

> « Car je connais les projets que j'ai formés sur vous, dit l'Éternel, projets de paix et non de malheur, afin de vous donner un avenir et de l'espérance. Vous m'invoquerez, et vous partirez; vous me prierez, et je vous exaucerai. Vous me chercherez, et vous me trouverez, si vous me cherchez de tout votre cœur. Je me laisserai trouver par vous, dit l'Éternel, et je ramènerai vos captifs; je vous rassemblerai de toutes les nations et de tous les lieux où je vous ai chassés, dit l'Éternel, et je vous ramènerai

dans le lieu d'où je vous ai fait aller en captivité » (Jérémie 29 : 11-14).

Dieu a des projets de bonheur et de paix. D'ailleurs, au commencement, il avait béni Adam et Eve pour qu'ils dominent et vivent heureux sur terre. Mais Satan les a détournés de la volonté de Dieu tout simplement parce qu'il voulait les voir errer et souffrir sur terre. Il avait un seul objectif : dérober, égorger et détruire. Mais Jésus est venu afin que les brebis aient la vie, et qu'elles soient dans l'abondance (Jean 10 :10).

La bonne nouvelle est que Dieu par Jésus Christ, nous a délivrés et restaurés dans son amour. Nous pouvons désormais régner dans tous les domaines de notre vie sur terre par le Saint Esprit au nom de Jésus Christ.

« Et ils chantaient un cantique nouveau, en disant: Tu es digne de prendre le livre, et d'en ouvrir les sceaux; car tu as été immolé, et tu as racheté pour Dieu par ton sang des hommes de toute tribu, de toute langue, de tout peuple, et de toute nation; Tu as fait d'eux un royaume et des sacrificateurs pour notre Dieu, et ils régneront sur la terre » Apo 5 :9-10.

Chapitre Sept

COMMENT CONSERVER SA DELIVRANCE

« Retenons fermement la profession de notre espérance, car celui qui a fait la promesse est fidèle » (Hébreux 10 :23)

Sachez que les esprits des eaux feront tout pour reprendre leur place dans votre vie. Il faut leur résister en vous soumettant à Dieu. C'est-à-dire en obéissant à sa parole, en marchant dans la sanctification, en sortant de l'impudicité, et de tout autre péché. Nourrissez-vous de la parole de Dieu et d'une vie de prière assidue.

Les esprits des eaux tenteront de revenir après avoir été chassé pour tenter de vous détruire à nouveau. Rappelez-leur que vous avez été rachetée (e) par le sang de Jésus. Dites-leur qu'ils n'ont plus aucun droit et pouvoir sur vous au nom de Jésus.

La parole de Dieu nous enseigne de nous soumettre à Dieu et résister au diable et il fuira loin de nous. Vous résistez au diable en vous soumettant à la parole de Dieu. Souvenez-vous que Christ a dépouillé les dominations et les autorités, et les a livrées publiquement en spectacle, en triomphant d'elles par la croix (Colossiens 2 :15).

Satan et ses agents sont des menteurs. Ils vous

feront croire qu'ils ont encore des droits sur vous. Ils vous feront croire qu'ils sont puissants. Répondez leur comme Jésus a répondu a Satan en Matthieu 4, il est écrit. Puis chassez le avec foi en la puissance de Jésus Christ. Vous êtes dorénavant la justice de Dieu. Satan n'a plus rien contre vous et ne peut rien. Attachez-vous à Jésus et à sa parole. Attachez-vous au Saint Esprit, il vous guidera dans la victoire au nom de Jésus. Comme il est écrit : « Que la grâce du Seigneur Jésus Christ, l'amour de Dieu, et la communication du Saint Esprit, soient avec vous tous » (2 Cor 13 :13).

CONCLUSION

Je vous encourage fortement à passer du temps avec votre père céleste, et laissez-vous guider par le Saint-Esprit. Jésus a dit : « Veillez et priez, afin de ne point tomber dans la tentation » (Matthieu 26 :41).

La prière vous permettra de résister à la tentation d'abandonner quand vos ennemis vous attaqueront et voudront vous détruire.

La bible nous enseigne de résister au diable et il fuira loin de nous, mais avant, la bible nous demande de nous soumettre à Dieu.

Nous nous soumettons à Dieu en croyant à sa parole, en l'appliquant sur notre vie dans la persévérance et en vivant dans la crainte de Dieu. Revoyez aussi vos fréquentations et l'environnement dans lequel vous êtes. Choisissez des amis qui aiment et honorent Dieu.

« car les mauvaises compagnies corrompent les bonnes mœurs» (1.Corinthiens15:33).

Ne négligez pas les réunions de prières dans les assemblées. Jésus a dit : « Je vous dis encore que, si deux d'entre vous s'accordent sur la terre pour demander une chose quelconque, elle leur sera accordée par mon père qui est dans les cieux. » (Mathieu 18 :19).

Il se dégage une puissance lorsque les enfants de Dieu se réunissent en assemblée pour prier. Sachez que Dieu veut que vous ayez la vie, la joie, le bonheur, la paix et le bonheur. Dieu veut que soyez en bonne santé et prospère.

Maintenant, vous savez ce que la Parole dit. Mettez-la en pratique, et vous vivrez la plénitude de la promesse de Dieu au quotidien.

A PROPOS DE L'AUTEUR

Esther Abaley est la fondatrice d'Esther Ministries III. Elle est diplômée d'une licence en Théologie Ministérielle (Bachelor Degree Ministerial Theology) à l'université de Roehampton à Londres en Grande Bretagne. Elle est aussi la fondatrice de Walk of Victory qui est la branche humanitaire d'Esther Ministries III.

Elle est un incroyable témoin du travail rédempteur de notre Seigneur et Sauveur Jésus Christ. Après avoir marché toute sa jeunesse dans le trouble d'identité, la rébellion et le péché, elle a reçu la paix en donnant sa vie au Seigneur en 2001.

Elle a été délivrée d'un héritage de sorcellerie par le Seigneur en 2007. Héritage contre lequel elle avait lutté toute son adolescence. (Son livre témoignage : « Victoire sur les forces de la sorcellerie ». Elle a été ordonnée en 2011 sous l'ordre du Seigneur pour l'œuvre du Seigneur Jésus Christ. Et après avoir rencontré plusieurs oppositions de Satan dans le ministère et dans plusieurs domaines de sa vie parce qu'elle a choisi de servir Christ, le Seigneur l'a complétement délivré de Satan et l'a mandaté auprès des femmes afin de leur enseigner à craindre Dieu et le servir en toute liberté.

Elle est une servante fervente du Seigneur Jésus Christ, une maman dévouée pour ses enfants qui sont des miracles du Seigneur.

Elle croit et enseigne que malgré les erreurs du passé d'une personne, Dieu veut et peut pardonner et lui donner un nouveau départ et un avenir meilleur si cette personne accepte de se tourner vers lui et accepte sa grâce.

Elle croit et enseigne que les enfants de Dieu sont livrés au quotidien a un combat farouche contre le monde des ténèbres. Elle enseigne aussi que nous avons une arme puissante qui nous donne la victoire sur Satan : « La prière par le sang de Jésus Christ, la parole de Dieu et le Saint Esprit avec nous au nom de Jésus Christ.

Elle enseigne qu'il n'y a ni homme ni femme dans le service du Seigneur. Elle enseigne aux femmes au travers de conférences et croisades que Dieu veut les utiliser pour ces temps de la fin.

Le Seigneur accompagne son ministère par des miracles et témoignages dans le nom de Jésus.

REFERENCES

Leclaire Jennifer, Defeating water spirits; 2018.

Dr Francis Myles, breaking generational curses; 2013.

Apostle Robert Henderson, Operating in the courts of heaven; 2004.

Grant Zita, Be free from Spirit spouses (Marine Spirit); 2017.

Pour toute information, vous pouvez contacter Esther Abaley

Email: estherministries3@gmail.com
Facebook: Esther Abaley Français
Tik Tok: Esther Abaley Français
Youtube: Esther Abaley Français

Printed in Great Britain
by Amazon